KB110754

어머니가 셋인 나의 그리움 나의 꿈

최태진 수필집

신세림출판사

어머니가 셋인 나의 그리움 나의 꿈

가난과 그리움이 그의 스승이 되다

　　최태진 작가는, 1977년 5월 서울을 떠나 남미의 파라과이 농업 이민자로서 수도인 아순시온에 정착, 10년간 가난과, 전혀 다른 자연환경과, 이질적인 문화 등으로 고생을 많이 했다 한다. 이민 초기에는 온 가족이 망고로써 배를 채울 만큼 가난했으며, 세차장 청소까지도 마다하지 않았다. 그러다가 더 나은 삶을 위해서 아르헨티나로 재 이민을 결정하고, 1988년 2월에 네 식구가 감행했었다.

　　아르헨티나 부에노스아이레스에 정착한 최태진 작가 부부는, 합심하여 가게를 운영하면서 성실한 삶을 일구어 오고 있지만, 그에게는 아들 딸 한 명씩이 있는데, 어느새 딸이 의대를 졸업하고 소아과 심장외과 전문의로서 두드러진 활동을 하고 있다. 특히, 그녀의 결혼으로 손녀 손자가 생기고, 다복한 다문화가정이 되었다. 아들은 40세가 되어서야 대학을 졸업하는 영광을 안기도 했다. 집안의 경제적인 사정도 차츰 안정적으로 변해 갔으며, 지금은 부에노스아이레스에서 전원생활을 즐길 정도가 되었다 한다. 온 가족이 합심하여 노력한 덕이라 생각되지만 그보다는 최태진 작가의 '가난이 스승이 되었다'는 말처럼 불굴의 의지로 열심히 살아왔기에 가능했던 결실이라고 판단된다.

 최태진 작가는, 처음 이민 간 파라과이 아순시온에서도 아주 힘들게 살았지만 고가의 카메라를 구입하여 사진촬영을 하러 다니기도 했었는데, 아르헨티나 부에노스아이레스에서는 그 카메라 대신에 문학공부를 하여 수필가로 정식 등단하였고, 재아문인협회 회장직까지 맡아 문인들의 활동을 직간접으로 지원하기도 했다. 아마도, 예술에 대한 그의 타고난 소질과 정열이 남달랐던 것으로 보인다. 특히, 수필가가 되고서는 문학공부를 더욱 열심히 했는데, 아르헨티나가 자랑하는 보르헤스를 연구하기도 하고, 결손가정이나 불우한 이웃들을 돕는 차원에서 강연을 적잖이 해왔으며, 국제펜클럽 한국본부가 주최한 세계한글작가대회에도 참가하는 등 고국을 방문하여 친지와 옛 친구들을 만나고, 여행도 여러 차례 한 것으로 알고 있다.

 41년 동안의 고달프고 힘들었던 이민생활을 통해서 그는, 가난과 싸웠으며, 고국과 옛 친구들과 친지들에 대한 그리움을 삭히며 문장으로써 자신의 외로움을 녹여 내었던 것으로 보인다. 바로 그런 최태진 작가의 정신적인 내면세계와, 그만의 경험과, 가족 사랑과, 개인의 꿈 등이 고스란히 녹아 들어있는 것이 바로 그가 두 번째로 펴내는 이 수필집인 것이다.

이 책을 읽으면, 그가 어떤 가치관 내지는 삶의 태도로써 그동안 어떻게 이민생활을 해왔는지 알 수 있으며, 그가 일구어 온 가정의 단란함과 화목함의 빛깔이 또한 어떤 것인지를 느낄 수 있으리라 본다. 오랜 세월 이국생활을 해왔기에 우리말 어법이 다소 자연스럽지 못한 면이 없지는 않으나 그의 따뜻한 마음씨와 고국에 대한 관심과 사랑이 유난히 크고, 자신과 함께 지구 반대편에서 살아가는 이민자들의 삶에 대해서도 상당한 관심과 애정이 있다는 사실 등을 확인할 수 있으리라 본다.

아무쪼록, 이 책을 펴내는 최태진 작가께 축하를 드리면서, 이 책을 통해서 현지 교민들이 한민족의 정체성을 재확인하고, 더욱 단결하여 열심히 살아가면서 지역사회 발전에도 일익을 담당하는 아르헨티나 훌륭한 시민의 모습으로 거듭나고 승화시켜 나가는 데에 적으나마 도움이 되어 주리라 믿는다. 다시 한 번 최태진 작가의 노력하는 삶에 멀리서나마 박수를 보내며, 가정에 행복이 넘치기를 기원해 마지않는다.

2018년 04월 02일

이시환

수필집을 내면서

가둬둘 수 없는 강물처럼 일렁인 해외생활의 꿈이 가능해지자, 파라과이가 지구촌 어디에 있는지도 정확히 모르면서 모험을 감행한, 1977년 5월 8일 고국의 품을 떠난 이민초기의 강박관념은 세월이라는 좋은 지우개로 지우려 해도 지울 수 없는 진한 기억으로 남는다. 4인 이민가정으로 지참할 수 있는 법적 액수는 미화 2,000불이라고는 하지만 이 규정은 여유 있을 때 가능한 일이었지, 5불 가정, 10불 가정, 수식어가 따라 붙어 다닐 정도로 가난한 당시의 남미 한인이민자들이었다.

당장 가족생계가 막연한 절박한 정황임에도 불구하고, 나는 그때 조금씩 푼돈을 모아 반 자동사진기를 구입했었다. 기르는 외양간 황소를 식구라며 소중히 여기는 어른들의 수고를 보고 자란 가난의 기억으로는 현지 지폐로 처음 구입한 사진기야말로 나의 재산 1호나 마찬가지였다.

틈만 나면 어깨에 사진기를 메고 인적이 뜸한 파라나 강 유역 자연을 찾아 다녔다. 발길 흔적이 없는 아마존 하류 밀림지역 특유의 강기슭이나 이색적인 도시, 농촌풍경을 사진기에 담아두는

쏠쏠한 재미는 밤낮없이 이어지는 긴장감을 잠시나마 잊게 해주기도 했다. 향수에 젖어든다는 생각은 사치스러웠던, 소용돌이 40여 해 동안 나를 믿고 따라준 가족의 고마움을 확인하게 되는, 두툼한 사진첩은 언제 보아도 감회가 새롭다.

고국에서는 들어본 적이 없는, 손에 익숙지 않은 궂은 일을 해야 그나마 생계를 유지할 만큼의 어려운 파라과이 이민생활을 정리하고, 더 나은 삶을 위해서 1988년 2월, 아르헨티나로 재 이주했을 때의 큰아이는 호기심 많은 중학생이었다. 낯이 설은 학교생활에 무료함을 느낀 아들은 나의 반 자동사진기를 꺼내 분해하고 조립하기를 반복했다.

수차례 분해된, 그토록 아끼던 사진기는 아쉽게도 기능을 잃었고, 나의 유일한 즐거움인 사진촬영은 더 이상 할 수 없게 되었다. 나의 의중을 묻지도 않고 분해해서 고장을 낸 아들이 몹시 섭섭했지만, 읽기 편안한 글쓰기에 집중하면서 사진기로 인한 갈등의 분(憤)은 오래가지 않았다. 돌이켜보면, 사진기의 고장은 나로 하여금 수필문학에 빠져드는 전화위복의 계기가 되었던 것이다.

아르헨티나의 수도 부에노스아이레스에서는 천고마비의 가을은 실감하지 못한다. 다만, 공원길에 수북이 쌓이는 낙엽을 밟으며 독특한 열대의 낭만을 이야기한다든지, 특별한 이방인 감정은 느껴볼 수 있었다.

남극의 강한 태양이 수그러드는 좋은 계절에 내어놓는 8년여만의 두 번째 수필집, 다문화가정을 묘사한 『어머니가 셋인 나의 그리움 나의 꿈』은 긴 세월 삶 속에서 내가 받은 넘치는 감사 제목의 글들을 정리한 나의 자화상이나 다름이 없다.

거침새가 없다거나 단조로운 문학작품이라기보다는 편안하고 견실미(堅實味)가 있는 글을 쓰기 위해 고심했고, 글이 완성되기까지는 많은 고침의 시간을 인내하는 기다림의 연속이었다.

한때의 화가 복을 가져다주는 전화위복(轉禍爲福)이라 했던가, 미래를 지향하는 꿈 많은 내면세계에 일가견 연민의 정으로 기억되기를 기대하지만, 대중과 소통하는 글, 재미와 감동으로 독자에게 다가가는 책의 구실을 못할까, 부끄러움이 앞서는 부담을 떨칠 수 없다.

부족한 글을 유익한 깨우침으로 흔쾌히 도움말을 해주신 「동방문학」 이시환 문학평론가님께 감사드린다. 아울러, 소중하고 값진 수필집으로 편집해준 신세림출판사 관계자 여러분께 고마움을 전하는 바이다.

2018. 02. 05.

아르헨티나 부에노스아이레스에서

최태진

제 II 부

제Ⅲ부

제IV부

제V부

제 I 부

나무에서 떨어지는 '만나'

'오늘 오후 3시 축구경기 있습니다.'라고 다방 입구에 텔레비전 중계 안내문을 써서 부쳐 놓고 손님을 부르던 시절이었다. 파라과이 농업이민 짐을 싸면서도 '삼바축구', '바나나 킥', '브라질 축구선수 이름'들을 들먹이며, 이적선수 못지않게 어깨를 추켜세우며 김포공항을 떠나왔다.

자동차운전석 앞에 볼펜을 올려놓으면 S자로 휘어지는, 체감온도 섭씨 38~46도의 무더운 나라 파라과이. 우리 가족이 아순시온에 도착하던 5월은, 가을 사과수확의 계절이라는데도 30도를 웃도는 후덥지근한 날씨였다. 허름한 에스트로넬 국제공항 출입국관리소에서 입국 도장을 찍어주며, 입던 옷가지가 들어있는 이민가방 2개는 내줄 생각을 않는다.

농업이민가족을 위해 관계기관에서 마련한 소양교육시간에, 파라과이의 국어, 생활수준, 정돈 안 된 거리의 현지사진을 호기심에 들여다 보며, 황당하여 두 살 반, 한 살 반이 된 어린아이들을 앞에 걸리며 막연히 공항을 걸어 나왔다.

부산 정씨 가족의 브라질 밀입국 안전을 돕기 위해 마중을 나온, 교민의 도움으로 천만다행 한인밀집지역은 갈 수 있었으나, 그곳에서 며칠을 묵기로 한 하숙집 주인으로부터 현지 사정을 전해 듣고는, 힘이 쭉 빠지는 바람에 다리가 후들후들 떨리기까지 했다. 연고자 없이 이민을 오는 가족의 짐 하나 찾아주는 수고비로 100불, 이민국 수속 통역비로 100불, 수중에 지닌 돈은 미화 400달라 뿐이었는데, 고작 서투른 현지 토착어인 과라니어와 서반아어 짬뽕 통역이 1977년 당시 그렇게 큰돈이 들었다.

이틀간을 쫄쫄 굶고 헤매다 세차장에서 비눗물로 타이어를 닦는 일자리를 구할 수 있었다. 겨우 한 끼 먹을 빵과 우유를 구할 수 있는 품삯을 손에 쥐는 판인데, 교포사회에 떠도는 소문은 더욱 흉흉하기 짝이 없어 불안에 떨게 했다. 밀입국을 알선해주는 L사범이 이권다툼에 연루되어 몰매를 맞아 죽었다느니, 주변국 이주희망 가족을 작은 통나무배에 태워 이과수폭포 하류, 굳이 위험한 지역을 택해 강을 건너며, 지닌 보따리는 강탈하고 밀쳐 버린다는, 낭설인지 뭔지 모를 소름 끼치는 소문만이 돌았다.

식모 방 1인용 작은 침대에는 아내와 어린 두 아이들을 재우고, 가장은 냉장고 포장용 종이박스를 구해 흙바닥에서 잠자리를 대신했다. 세차장에서 젖은 옷은 말릴 시간조차 없었다. 눅눅한 옷을 입고 새우잠을 자고 나면 온몸의 근육이 굳어, 세차장 바퀴 닦는 일도 한 달을 채우지 못하고서 다른 일자리를 찾아야 했다. 특별히 잡히는 곳도 없었다. '솟아날 구멍은 있겠지?'하며, 맑고 파란 하늘을 바라보며, 막연하게 자문을 해본다.

주민들의 사는 모습을 봐야겠다는 생각이 들었다. 이 길목 저

마을을, 아무 일도 없이 거리를 헤맸다. 파라과이에는 집 담장이 거의 없고, 울타리 있는 집이라도 대문은 항시 열려있어서 집안의 동정을 기웃기웃 살펴볼 수는 있었다. 적도가 가까운 열대지방이어서 몹시 덥지만 습도는 낮아, 망고나무 그늘에만 들어가면 부채 없이도 잘 견딜 수 있다. 뿌리식품인 만디오까와 망고열매, 그리고 사철 푸른 망고나무 그늘은, 우리가족을 위해 준비된 자연의 축복이었다.

오래 전 대국이었던 파라과이는, 브라질, 아르헨티나 주변국과 전쟁에서 많은 영토를 빼앗겼다. 볼리비아와 마지막 전쟁을 치른 차코 주 늪지대에서는 때를 맞춰 풍작을 이룬 망고열매가 군량을 대신해주었다고 한다. 그런 기억을 잊지 않으려고, 집 마당에 사철 잎이 푸른 망고나무를 심어 가꾸며 귀하게 여긴다. 현지인들은 전쟁을 싫어하며, 성격이 느슨하여 약속을 중요하게 여기지 않는 게 흠이다. 씨에스타(정오 12시부터 15시) 3시간 동안은 살인더위를 피해 상점 문을 닫으며, 공장에는 기계가동이 정지된다. 망고 나뭇가지 사이에 아마까(굵은 실로 짠 그네)를 달아매고 그 위에서 낮잠을 즐기는 사람, 기타를 치는 사람, 알파를 퉁기는 사람, 시원한 망고나무 그늘은 열대지방의 기후에 걸맞는 낭만이 아닐까 싶기도 했다.

떼레레 -생 약초와 제르바(허브차)를 마떼 통에 담아, 얼음물을 부어 여러 사람이 돌아가며 봄빌랴(빨대)로 차를 빨아 마시는 풍습이 있다. 그리고 아미고(친구) - 지나가는 행인을 집안으로 불러들여 떼레레를 권하며 흥미 있는 이야기로 우정을 맺기를 좋아한다. 필자가 그냥 맨바닥에 헤딩하듯 이민 정착을 할 수 있었던 것도, 떼레레 문화를 향유하는 현지인들이 있었기에 가능하였다고 생각한다.

현지인이 따라주는 떼레레를 받아 마시면서도, 속이 타게 관심이 가는 것은 그 집 마당에 노랗게 익어 떨어진 망고였다. 내 눈치를 알아차린 주인은 망고 열매를 손수 비닐봉지에 가득 담아서 내게 들려주며, 알아들을 수 없는 과라니어로, 사과껍질을 까는 방법과는 다른, 망고를 먹는 방식을 설명해준다. 친절한 주인에게 꾸벅 답례를 하고 셋방으로 달려왔다. 아빠를 기다리는, 허기에 눈이 휑해진 아이들에게 망고를 먹게 하고, 우리 부부도 이거 저것, 두 눈 감고 정신없이 배를 채웠다.

파라과이 토종 망고열매는 애기 주먹만한 크기에 씨가 거의 다 차지하고, 이리저리 엉킨 실이 사이에 끼어 있어 먹기가 곤란하지만, 달고 싱그러운 향과 비타민이 풍부한 과일이다. 처음에는 아이들 입가에 좁쌀만한 구진이 솟아 걱정이 되기도 했으나, 몇 일만에 설익은 망고 독성에도 면역이 되고 얼굴이 포동포동 살이 붙기 시작했다. 남들은 볼품없다고 거들떠보지 않는 망고 열매였지만, 우리에게는 아이들 우유를 대신하는, 참 좋은 귀한 양식이었다. 그야말로 '나무에서 떨어지는 만나'였다.

쓸모없는 늪지가 많은 파라과이에는 독충이 많다. 슬리퍼를 신거나 맨발로 흙바닥을 걸어 다니면, 벌과에 속하는 삐께가 날아와 발톱 밑에 알을 슬어 놓는다. 아픔을 느끼며 피부가 근질거릴 때는 이미 살 속에서 애벌레가 꼬물꼬물 움직인다. 바늘로 구멍을 내고 핀셋으로 집어내면 구더기는 길게 딸려 나오고 그 자리에 구멍이 생긴다. 살 속의 벌레를 파내야 하는, 애벌레가 빠져나간 동공에 소리 없이 스미는 땀방울과 눈물을 어찌 잊으랴. 허드렛일에 피곤을 느끼면서도 밤잠을 설치던 정착 초기의 어려움을 어찌 다 풀어 놓을까마는, 재력, 능력, 수단, 단단한 오기 그 무엇 하나 변변치 못한 아버지인 나는, 바위 같은 책임감으로 힘든 줄을 몰랐다.

가까운 집으로 저녁초대를 받고 가면 현지인 친구가 내게 묻는다.

"우리 집 음식 입에 맞아?"

"내 입맛에 맞추기는 어렵지 않아. 모든 음식은 다 맛이 있으니까."

가난했던 시절 나는 이렇게 말할 수밖에 없었다. 세월이 약이라고는 하지만, 나무에서 떨어진, 그 달고 향긋한 기적의 만나를 나는 결코 잊을 수 없다.

아내의 자리

아르헨티나처럼 자연의 축복을 받은 나라도 드물지 싶다. 기름진 농경지를 지나칠 때나 방대한 푸른 초원을 바라볼 때는 더욱 그런 생각이 든다. 나라 땅이 작은 민족에게 역시 제일 부러운 것은 첫눈에 들어오는 넓은 땅덩어리였다. 세계인구 폭발 직전에는 식량 부족과 마실 물 재앙을 겪게 되는데, 아르헨티나가 마지막 남을 곡창지대가 될 것이라고 우쭐해진 시민들도 어렵지 않게 만나볼 수 있었다.

비교적 옥토인 아르헨티나 수도 부에노스아이레스의 사계절은 온화하다. 라니냐, 엘니뇨(심술 많은 여자아이, 망나니 남자아이)라 불리는 고르지 못한 기상변화가 일 때에 한차례 함박눈을 볼 수 있지만 그건 그야말로 행운이다. 7~8월, 겨울철 습기를 동반한 차갑고 음산한 바람은 미운 작부처럼 옷소매를 파고들어 영상 3~4도에도 혹한의 추위를 느껴야만 한다.

아르헨티나의 겨울이면 12시간 앞서가는 지구 반대편 고국은 청포도가 익어가는 계절이다. 마음 여린 아내의 눈가엔 어느새 잔잔한 이슬이 맺힌다. 도란도란 언니들과 밤이 깊어지던 향수를 동반한 이방인이 된 아내의 병증은 백약이 무효일진데, 이민보를 싸서 들고 나올 적에 몸만 오지 않고 생각을 모두 담아온 아내에 겐 아마도 고국을 다녀와야 약발을 받을 것이다. 그러나 이민 서른 해를 훨씬 넘기도록 고국방문을 하지 못했다. 짧기만 한 여름밤을 달군 멍석무대 생각이 난다. 저녁상을 물린 가족들은 마당으로 나와 멍석을 깔고 다정한 이야기들로 웃음꽃을 피운다. 별진 잘숙 드림전의 허생원 흉내를 내는 막내처제, 목소리 큰 둘째의 수다, 숨죽인 들쑥을 태우는 연기의 싱그러운 향기에 코끝 찡하는 수양버들의 계절은 누구나 간직하고 싶은 그리운 추억일 것이다. 지금은 알아볼 수 없게 변화되었겠지만, 집터만이라도 다시 보고 싶은 심정일 게 뻔하다.

붙박이 농사꾼이시며 큰댁, 작은댁 두 아내와 7남매를 거느리신 복이 많으신 장인어른은 태인 면소재지에서 부지런하기로 소문난 분이셨으며, 딸 중에는 셋째인 아내를 끔찍이 아껴주셨다 한다. 그래서 늘 아내는 우쭐해한다. 싱그러운 청포도송이를 보기 위해 동트기 전 아버님을 따라 나서던 기억은 그때의 아버지 나이를 넘어선 아내이지만, 새록새록 마음 설레는 추억임에는 틀림이 없을 것이다. 아침이슬에 한껏 신선함이 돋보이던 녹색의 포도알, 손이 닿기라도 하면 화등잔처럼 놀랠 열여섯 수줍음 같았던 포도송이는 처남의 절제 못한 투전놀이 빚 대가로 어이없이 고리대금업자에게 넘어가게 되었고, 예고 없이 찾아든 근심거리로 집안은 웃음을 잃어버린 가정이 되고 말았었다.

자식의 잘못을 자신에게 돌리시며 희망과 보람, 의욕을 잃으신 장인어른께서는 몸져눕게 되시고, 끝내는 회복을 못 하시어 가족과 이웃을 안타깝게 했다. 기울어진 집안사정으로 아내는 서울의 친척집에서 곁살이신세를 지게 되며 의욕을 모두 잃어버린 생활을 했다.

"우량 말과 같은 딸이 여럿이어도 가정을 거느리면 힘에 겨운 많은 일을 해야 될 것이라시며 논밭 일에는 손끝도 못 대게 말리셨어요."

"아버님께서는 훗날 딸들의 어려움을 점 치셨나 봐요"

우리 부부는 후암동 아내의 고향 친구 소개로 알게 되었다. 아내는 만남을 소중하게 여겨 정읍 큰언니 집에서 동거하시는 어머님께 말씀을 드렸고, 장모님을 대신해 오신 윗동서의 호의적인 동의로 우리는 결혼을 했었다. 부족함만이 전부이던 결혼 초기를 보내고 생활에 안정을 느낄 때쯤이었다. 자존심이 허물어지는 치열한 의식, 갑질, 강박관념을 탈피할 빌미를 찾게 되고, 결과적으로 처가 일가친척의 만류를 뿌리치고 남미 파라과이 농업이민 케이스 아순시온에 정착을 하게 되었던 것이다.

허름한 에스트로네르(군정28년 장기집권 한 알프레도 대통령의 성을 딴 공항 이름) 국제공항 출구를 나설 때에 착잡하고 불안해하던 생각을 하면 지금도 아내는 가슴이 먹먹해진다고 한다. 눈이 휑해진 어린아이들 등을 쓸어주며 답답한 하루를 보내던 아내, 우유 살 돈을 마련하기 위해 허둥대다 빈손으로 돌아오는 남편을 내색 않고 맞아주던 그때의 고마운 아내 얼굴을 잊어본 적이 없다. 파라과이 10여 해 동안 우리 부부는 좋은 일, 하기 싫은 일이 따로 없었다. 빵 한쪽을 살 수 있는 일이라면 부지런한 농부마음으로 일을 해야만 생활을 꾸려나갈 형편이었다. 아르헨티나로 재 이주한 후에도 넉넉한 생활은 바랄 수가 없었다. 이민을 나오기 전 사고방식, 이민 후의 고통을 감수한 의지가 모래성 주저앉듯 허물어지는, 황당한 슬픔에 아내는 소리 없이 눈물을 흘리며 불면에 시달렸다.

"엄마 힘내세요, 엄마 위해서라면 나는 어떠한 어려움도 견뎌낼 수 있어요. 그리고 우리는 행복하게 살 수 있어요."

성장한 딸아이 위로에는 목까지 차오르는 슬픔을 눌러 삼켜야했던 아내, 지금은 쉼이 없이 고생을 한 만큼 안정된 생활 마련을 해둔 정도이지만, 손녀에게 선물 하나라도 더 사줄 생각에 미장원 머리염색 비용마저도 선뜻 꺼내지 못한다. 이중, 삼중고를 겪는 이민가정의 담장을 굳게 쌓은 '지금의 아내 자리'를 행여 누가, 그곳이 어디냐고 물어보기라도 하면 지금에 만족한다고 주저하지 않고 대답을 하는 아내다.

"여보, 고맙소!"

아르헨티나 이방인 한인 아내들이여, 그대의 헌신적 믿음과 사랑이 아니었으면 오늘의 행복은 어찌 이뤄낼 수 있었겠는가.

이역 땅에서 되새기는 젊은 날의 추억

아르헨티나에서 여름휴가를 못 가면 흉이 된다는 말들을 해서인지, 어느새 설렘의 12월 한 달이 지나가고 2017 정유년 송년의 밤을 맞았다. 연례행사로 마련한 저녁 만찬엔 신년 초에 하계방학(夏季放學)을 떠나는 출가한 딸네 가족을 초대해 가벼운 홍분의 샴페인을 터트렸다. 경륜의 또 한 해가 훌쩍 저물어간다. 요란스런 폭풍전야를 방불케 하는 불꽃놀이가 잠잠해지고 사돈 카를로스, 딸아이와 사위 아리엘, 그리고 귀여운 손녀와 개구쟁이 손자를 배웅한 시간은 새벽 2시가 다 되어서였다. 낮에부터 불을 피워 아르헨티나 전통음식인 적포도주를 겸한 아사도(숯불에 굽는 소갈비)를 굽고, 초코과자와 볶은 땅콩으로 배가 잔뜩 부른데도 공복기가 들고 허전하다. 은유적으로 바라본 하늘은 은하계도 잠이 든 스산하고 적막이 흐르는 고요한 밤이었다. 휘영청 밝은 달빛 너머로 불가사의 인연들이 어지럽게 눈앞을 스치고 지나간다. 조금 전까지만 해도 떠들썩하던 분위기 뒤의 일시적 반응은 오만 가지 생각이 밀려오는 고독이었다. 적시를 놓쳐 기운 잃은 폭음이 이

따금씩 침울한 정적을 가르는, 실루엣 같은 어둠이 엄습해 온다. 아무에게도 눈치주지 않은 혼자만의 지난 흔적을 돌이켜보기는 지루하진 않았다. 잠시 후면, 대망의 새날이 밝아올 텐데, 과거의 가난과 좌절, 불우한 환경에 처해 있을 가엾은 어린 아이 모습들이 오버랩되어, 일찍이 한 소년을 성숙하게 했을 몸부림 어리광에 흠칫 어깨경련을 일으킨다. 소년기의 트라우마를 숨겨둔 귀금속만큼이나 소중하게 여기며, 아울러, 미혼청년의 특별한 감정에 치우쳐 봄도 과히 나쁘지 않다고 생각한다.

해질녘 어둠이 깃들면 어수선하던 대구 시내 조금은 외곽, 복개도로인 시장 북로엔 값싼 물건을 팔기 위한 상인들의 발걸음마저 뚝 끊어진다. 덩그러니 추위와 어둠만 남겨둔 거리에는 갈 길을 아직 찾지 못한 낙엽이 차가운 바람에 이리저리 방황하고, 어김없이 가난한 거리의 주인공 포장마차가 등장한다. 어둠의 교차로 건너편 포장마차에 시선이 끌림은 더할 나위 없는 저렴하고 정겨운 먹거리 안내 문구였다. 객지 밥은 배불리 먹어도 쉬이 배고픔을 느낀다더니, 해질녘 고승 밥을 게 눈 감추듯 비운 석식(釋食)인데 그새 시장기가 일고 군침이 돈다. `해삼 멍게, 잔술 팝니다' 흰 바탕에 먹물 글씨, 그리고 그 사이에는 눈에 띄게 선명한 빨간 점이 그려져 있다. 빨간 점? 파란색, 노란색 왜 하필이면 빨간 점? 불현듯, 의문이 머리를 스친다. 필경, 기억하고 싶은 소중한 순간을 빨간 점 하나에 숨겨 두었으리라. 포장마차 메뉴판 빨간 점을 보게 된다든지 기억이 날 적마다 해답을 찾아보려고 애를 쓰곤 하지만 의문으로 남아있다. 소박한 메뉴판이 주렁주렁 달린 막간 우정의 간이음식점, 망설임 없이 12월의 수척해진 하루를 포장마차로 옮겨간다.

산소용접용 카본 덩이를 물에 불린 가스등불이 오래도록 기억에 남는다. 빈 깡통에 물을 채워 제조한 스러지는 차가운 가스등불은 가난과 떼어 놓을 수 없는 친근감으로 다가온다. 그러기에 별스럽게 기억에 남지 않았을까 싶다.

10여 해 가까이 잔뼈가 굵어진 대구에선 친숙한 술의 진미를 몰랐다. 하지만 등엔 싸늘한 냉기가 돌고, 찬 술잔을 비울 때의 칼칼한 위안은 거리의 주인공 포장마차가 아니고서는 그 어디에도 만나볼 수 없다고 여겼었다. 더구나 대화를 나눌 수 있었던 포장마차 주인과의 인연은 마음을 기댈 든든한 벽이었으며, 갈급한 심경을 믿고 대하기 편안한 스승과도 같은 분이었다.

신세타령을 귀찮게 여기지 않고 묵묵히 들어주는 포장마차 주인과 친분을 맺게 되면서 거리의 주인공 자격조건에 대해서도 생각을 하게 되었다. 물론, 주관적인 생각이었지만, 포장마차주인 적격 자격은 우선 너무 젊어서는 곤란하다. 세상 흐름을 알아서 감탄사도 한마디 참견해주는, 지나치게 깔끔하지 않아도 괜찮은 60대 나이면 족하다고 생각한다. 포장마차를 찾아오는 손님 주머니사정을 가늠하는 안목과 슬기로운 지혜를 갖추어야 하며, 모름지기 오뎅 한 국자 리필하는 그런 남자분이면 족하다고 여긴다. 대구시 시장 북로 교차로 어스름한 수은등불 아래에 자리를 잡은, 내가 아는 포장마차 주인은 여간 해선 노여움을 타지 않는 이동 간이주점 주인 자격을 고루 갖춘 분이었다.

실내 온도를 높이기 위해 피워둔 난로 옆 소파에서 새우잠을 자야 했던, 대구에서의 잊을 수 없는 안타까운 기억이 하나 더 있다. 다름 아닌 보육원에서 성장하며 소녀웃음을 잃어버린, 밤은 외로워 밤이 싫다고 하던 찻집 도우미 아가씨 김양과의 인연이다. 동료 아가씨들은 일과 후 외출을 하게 되지만 김양에겐 그런 기회가 없었다. 유난히 긴 겨울밤은 주방장 박군, 그리고 별스럽게 외출할 일이 없는 나 세 사람 몫이었다. 일과 후 출타한 장양과 이양이 돌아올 때를 기다리며 난로 옆 소파에서 오손도손 가족관계에 대해, 그리고 이상적인 배후자 관계 이야기를 화제 삼아 대화를 나누곤 했었다. 스스럼없이 의견을 나누는, 그토록 친근감 있는 사이면서도 진지하게 속내를 말 못하는 가엾은 옥이아가씨. 가난과 가난이 엮이면 답은 뻔한 가난일 것이란 바보 같은 겁쟁이? 아님 화목한 가정, 부유한 집안 남자와 외롭지 않고 행복한 삶의 기회를 주기 위해서? 그때 애정이 꽃피는 위로의 제안을 해 주지 못한 주변이 못내 원망스럽다.

홀로서기의 부당한 처사, 정 없는 사회를 원망하며 김양은 유난히 긴 겨울밤 쓸쓸히 우리들의 곁을 떠났다. 김양이 그토록 홀가분하게 생각했을 먼 길, 검은 구름처럼 무거운 고독을 가슴에 안고 자의로 떠난 옥이아가씨 부음은 주위의 모든 사람들의 마음을 안타깝게 했다.

왜 사람들은 외로운 아이들을 냉대하는지. 불가피하게 끼어든 사소한 실수는 덮어주고 다독여주지 못할망정, 소외된 가난을 바라보는 시선은 왜 그리도 거칠고 냉정히 대해주려 하는지….

누가 묻지도 않을 세월의 흔적은 감사와 기뻐해야 할 송년의 밤을 납덩이처럼 무겁게 했다. 1960년대 대구시 수창동 퀸 다방 주방 도우미 김양의 웃음 띤 환한 얼굴이 눈앞에 선명하게 어른거린다. 남이 볼 때에는 명랑하고 아무 문제의식이 없는, 성품이 퍽 낙천적인 맑고 반짝이는 까만 눈망울에 얼굴이 동그란 옥이아가씨, 무관심과 분명하지 못 했던 그 때의 양심이 못내 원망스럽다.

아르헨티나의 대문호
루이스 보르헤스(LUIS BORGES)에 대하여

　지금껏 감동을 안겨주는 수필 한 편을 완성하지 못하는 필자에게 부에노스아이레스 중앙 경로대학 김은잎 교육부장으로부터 문학 강의를 해달라는 부탁을 받았다. 자리매김값을 하라는 떠밀림이었다. 이번 중앙경로대학 강연은 두 번째이지만 이번에는 특별히 아르헨티나가 자랑하는 대문호 루이스 보르헤스(LUIS BORGES)에 대해서 소개하고자 한다.

　편안한 고국의 품을 떠나 문화와 관습이 다른 타국은 박탈감, 소외감 등으로 인한 고독감으로 시달리게 되며, 가치관이 판이하게 다른 낯선 이민생활에 겪는 억울하고 답답한 경험, 가고픔과 그리움, 지금 내가 어디로 가고 있는지조차 헤아리지 못하는 눈돌릴 겨를마저 없는 눈물겨운 삶이 타국생활이다. 물론, 경제적인 어려움을 면하게 되면 그나마 잠재해 있는 불안을 덜게 되겠지만, 독서와 창작에 대한 관심은 별개의 일로 여겨진다. 다행이 자부심을 세운다면, 수도가 부에노스아이레스(CIUDAD AUTONOMA

BUENOSAIRES, 맑은 공기의 도시)인 아르헨티나는 애향의 소지가 많은 곳이다. 훌리오 꼬르따사(JULIO CORTASA), 작가이자 대통령이었던 도밍고 파우스티노 사르미엔토(DOMINGO PAUSTINO SARMIENTO), 오라시오 엘리 돈도(HORACIO ELI DONDO), 마누엘 푸익(MANUEL PUICK) 등 라틴어 권에서 손꼽히는 작가의 나라이기도 하지만, 세계적인 대문호 루이스 보르헤스(LUIS BORGES)의 나라 아르헨티나라는 의식을 은연중 내세우게 한다.

호적상 이름은, 호르헤 푸란시스코 이시드로 루이스 보르헤스 아세베도(Jorge Francisco Isidro Luis Borges Acevedo)이다. 유럽 가문 고유의 이름인 루이스(Luis)는 아버지, 푸란시스코(Francisco)는 할아버지, 이시드로(Isidro)는 증조할아버지, 본인은 호르헤(JORGE), 친가 성 보르헤스(Borges)와 외가, 아세베도(Acevedo) 어머니 성을 마지막에 기록한다. 희대의 문학가 루이스 보르헤스는, 1899년 8월 24일 시내 중심가 수이파차(suipacha)길 외할머니 집에서 태어났다. 부친 호르헤 기제르모 보르헤스(Jorge Guillermo Borges)는 변호사로서 영국계 중학교 심리학 교사였고, 어머니 아세베도 수아레스(acevedo suares : 보르헤스 어머니 양가 성씨임)는 예의 바르고 섬세한 여성이었다고 한다. 외할머니 집에서 태어난 보르헤스는 영국계 혈통 헤슬렘(haslam) 가문의 친가 할머니로부터 정규교육 대신 영국 문화와 스페인어 교육을 받으며 성장했다. 그리고 아버지 호르헤 기제르모 보르헤스 서재에서 유년시절을 보내며, 아버지 영향을 받았다고 한다.

루이스 보르헤스는 5~6세 때에 헬렌지 웰스(G L G, Ws)의 소설 「천일야화」와 「돈기호테」를 영어로 읽었다고 하니 매우 총명하고 지혜로운 소년이었던 것으로 보인다. 그는 1914년 유전적인 아버지의 시력저하 증세를 치료하기 위해 가족을 따라 스위스 제네바로 이주하게 되었고, 그곳 제네바에서 범신론, 불교문학 연구에 몰두했다. 영국 유학을 다녀오기도 한 보르헤스는 프랑스문학과 독일문학을 배우며 라틴어까지 깨친다. 스페인어에 능통한 보르헤스는 1919년 스페인을 가게 되었으며, 98세대[generacio'n de 98] 극단주의 문학그룹에 가담한다. 그 후 3년간의 '98세대' 그룹 활동을 했던 스페인 생활을 접고 프랑스를 여행한 청년 보르헤스는 1921년 조국 부에노스아이레스로 돌아와 낭만주의 계열의 가우초(gaucho), 목동문학이었던 아르헨티나에 혁신주의, 극단주의 대혁신 문학활동을 지속한다.

부친이 사망하던 해, 1938년 크리스마스 이브에 보르헤스는 큰 사고로 머리를 다쳐 거의 불꽃을 잃고 비전은 약화된다. 불운의 교통사고 후유증으로 보르헤스는 말을 못하게 되기도 했지만, 그의 어머니와 친구들의 도움으로 소생할 수 있었다고 한다. 사고 회복 후에도 내재해 있던 창작의 불꽃은 다시 살아났고, 그 후 10년 동안은 보르헤스의 생에 가장 훌륭한 작품들이 발표되었으며, 부에노스아이레스 대학은 물론 아르헨티나의 지방대학, 미국, 영국, 스위스, 프랑스, 스페인대학교 등 문학 강의 초청이 쇄도하는 전성기를 누렸다 한다.

1946년 후안 도밍고 페론대통령이 권력을 잡게 되며, 보르헤스가 제2차 세계대전 때 연합국을 지지했다는 이유로 도서관장 자리에서 퇴출당한다. 그리고 9년 뒤인 1955년 페론대통령이 실각을 하게 되며 부에노스아이레스 국립대학 문학철학 부 영미문학 교수로 복직을 하지만, 보르헤스는 유전적인 시력 저하로 전혀 앞을 볼 수 없어 직접 글 쓰는 것을 포기해야만 했다. 시력을 잃은 이후부터는 어머니와 현재의 미망인, 오랜 동안 비서였던 마리아 코다마(Maria Komada), 그리고 친구들이 보르헤스의 글을 받아썼다고 한다. 읽고 싶은 문학지가 있을 때면 보르헤스는 단골 서점을 찾아가 사서로 일하고 있는, 16세인 알베르토 망구엘(Alberto Manguel)에게 책을 읽어주기를 권했다 한다.

보르헤스의 상상은 초현실적인 우주론에 집착, 휴먼 자체의 신성에 대해선 피상적이었으며, 붓다를 만나 불문학의 마술적 경이로움을 깨닫고 [불교란 무엇인가?] (que es el budismo?)를 출간했다. 동양적, 불교적 윤회를 통해 (대승, 라마, 탄트라) 불교를 풀어놓은 불교교리(법륜과 열반)와 전설, 불교적 삶, 전생, 동양철학, 형이상학 등을 엮어 여류작가 알리시아 후라도(Alicia jurado)와 공저로, 『7일 밤』(siete noches)을 출간하며, 호르헤 루이스 보르헤스는 그의 생에 마지막 「7일 밤」이란 주제의 문학 강의를 하게 된다.

첫째 날 밤에는 '신곡', 둘째 날엔 '꿈~악몽', 셋째 날 밤에는 '동양의 아름다움', 넷째 날 밤에는 '동양의 불교, 붓다의 전설', 다섯째 날 밤엔 '시란 무엇인가?', 엿새째 밤에는 '카발라(la cabala 진정성)', 그리고 마지막 7일째 되던 날은 시력을 잃었지만 문학과는 멀어질 수 없었다는 의지의 실감 '실명'(ciego), 7일간의 강연을 모두 마치는 열정을 보였다. 거동이 불편해진 보르헤스는 1986년 4월 87세의 나이로 오랜 비서로 일하며 자신의 눈이 되어주었던 일본인 2세 마리아 코다마와 결혼을 한다. 결혼을 한 1986년은 보르헤스가 사망한 해이기도 하다. 보르헤스 사망 후에 부인 마리아 코다마는 남편 보르헤스에 대한 모든 기념사업 관련 운영, 법정관리를 했다. 보르헤스는 죽은 후에야 그가 창조해낸 환상과 꿈의 세계, '프란츠 카프카'에 필적할 만한 문호라는 평을 받는다.

1988년 8월 보르헤스 출생 89주년을 기념하여 닥터 토마스 마누엘 데 안초레나 길(Dr, Tomas Manuel de anchorena) 약칭 Anchorena 1660번지, 한 때 보르헤스가 가족과 함께 살았던 Anchorena 1972번지에서 3불록 떨어진 거주지역에 부인 마리아 코다마에 의해 '보르헤스의 문학 기념관'(LA JUNDACION MUSEO JORGE LUIS BORGES)이 설립되었고, 8월 24일 보르헤스 출생일은 아르헨티나 문학의 날(Dias de la Literatura)로 추진 지정되었다. 아르헨티나에서의 8월 24일은 대문호 호르헤 루이스 보르헤스의 천재적인 생애 문학 열정을 기리는 날이기도 하다.

지난 2014년 6월 8일에는 부에노스아이레스 설립 당시 이름인 세라노(Serano)길을 호르헤 루이스 보르헤스(JORGE LUIS BORGES)로 법적 개명되었으며, 2017년 올해에는 '국제 문학도서관 호르헤 루이스 보르헤스'(LA INTERNACIONAL MUSEO LITERATURA JORGE LUIS

BORGES)로 등록 인정되었다.

　창의적 혁신주의 천재문학가임에도 호르헤 루이스 보르헤스의 잠재해 있는 죽음의 유혹, 소설 「죽음 속에서 느끼다」엔 방대한 삶을 한마디로 극명하게 단언한 '조심스럽게 결론을 내려 보면, 삶이란 너무 가련한 것이다'라고 한 흥미와 관심을 끌게 하는 대목이 있다. 근본 사고방식이 관대한 인간의 삶이라고는 하지만, 이 한 줄 대목이 제시한 건 '공(空) 무(無) 헛된 수고이다'라는 뜻이 내제되었음을 엿볼 수 있다.

원로조각가 김윤신의 개인전을 둘러보고

    회화 「내 영혼의 노래」와 조각 「분이 분일」 시리즈를 전시하는 교민 원로조각가 김윤신 개인전이 열리는 주아르헨티나 한국문화원에 초청을 받아 다녀왔다. 개막전의 번거로움을 줄이기 위해 초대 손님뿐인 전시장은 비교적 조용했다. 은은한 조명 불빛을 받은 고명작가의 미술작품과, 조형예술 전시품이 진열되어 있는 홀에선 고즈넉한 고궁의 운치를 느끼게 했다. 작가의 말에 의하면, 단단하고 향이 좋은 라파초 원목에 반해 아르헨티나에 머물게 되었으며, 생각을 굳혀 한인상가 밀집지역인 FELIPE VALLESE 길에 작업장을 마련하고 예술활동을 하게 되었다고 한다. 굴곡을 이룬 부분마다 여간해선 이해할 수 없는 작가의 의지와 집념과 섬세한 도구를 사용한 선율이 돋보인다. 얼마만큼의 수고와 노력을 집중하면 값지고 이처럼 소중한 조각품을 완성할 수 있을까? 자문을 해보는 깊은 상상에 빠져 들어갔다. 속되게 표현을 하면 귀도 즐기고 눈도 즐거운 시간이었다.

    눈이 즐겁고 듣는 귀가 유익함을 얻는 모처럼의 기회였다. 내

친김에 다음 행동인 그림이나 조각 전시회에서 늘 하던 식으로 냄새를 맡기로 했다. 어느 사이에 얻은 습관인지 기억에는 없지만, 미술 전시회나 조각 예술전시회에 가게 되면 대표작으로 진열한 전시품에 얼굴을 가까이 대고 냄새를 맡는 기이한 습관이 들었다. 좀 유치한 그런 행동에 익숙해진 탓인지 어떠한 재료를 사용하느냐에 따라 그림이나 조각의 향이 다양함을 익혀 알게 되었다. 초청 인사와 김윤신 작가의 대화 자리에서 거리를 둔 전시장 안으로 다시 옮겨갔다. 실례는 아니겠지 하는 생각으로 전시한 예술조각에 코를 밀착시키고 크게 숨을 들여 마신다. 오랜 세월이 지나도 특유의 그윽한 향을 지니고 있는, 촉촉한 라파초 특유의 목향이 폐 속으로 깊숙이 스며든다. 그날 나는 듬직한 조형 예술과 더러는 작은 조각품들을 감상하고 흡족한 마음으로 전시장을 나왔다.

전시회 개막전에 초대받은 사람으로서 그 날의 주인공에게 베풀어야 할 예의와 도리를 생각하게 된 건 불과 한 주 전이다. 예전처럼 먼저 그 날의 주인공을 만나 축하인사를 하고, 낯 익은 방문 인사와 덕담을 나눈 후에 작품 감상을 하고 전시장을 나온다? 작가에 대한 예우를 생각해 볼 때, 비록 약간의 차이는 있겠지만 순서를 바꿔야겠다는 생각을 하게 됐다. 우선, 먼저 그날의 주인공을 만나 축하인사를 전한다. 다음 전시된 작품에 관심을 기울여 최소한의 관람소감으로 작가를 격려한다. 덕담 한마디 곁들인다면 고마움과 예술가로서 대접받는 보람은 훨씬 마음 뿌듯하게 느낄 수 있게 될 것이기 때문이다.

전시장 문을 나서기 전 감상소감을 주인공에게 들려주면 작가에 대한 예의요 대접이련만, 일반적으로 참여해주는 형식에 그치고 마는 경우를 더러 보게 된다. 하나의 작품이 완성되기까지 땀 흘리며 자신과 싸우는 예술가의 수고를 생각해보자. 축하와 격려 인사야말로 무형이지만 작가에게 보답하는 최소한의 예의일 것이다.

한 권의 책을 만드는 수고는 '잘 읽었습니다' 이 한마디 인사에서, 음악가는 많은 팬들이 열광하는 공연장에서, 의사는 환자의 병이 호전되어가는 보람으로, 건축가는 설계한 한 채의 건물이 완성될 때 그 동안의 어려움을 잊고 만족해한다. 천을 깔아 재단을 하고 바느질을 해서 단추를 달아 다림질을 한 의복을 바라보는 주인의 생각에는 이익금만 보였을까? 옷의 품위와 맵시도 예술이다. 당연히 인사를 받아야 마땅하다. 실리와 심리, 예술가의 보람은 바로 이런 축하인사를 받음으로써 만족을 얻는다고 나는 생각한다.

아들의 대학졸업식장에서 간 부부 야영

　새로운 풍물을 만나러 가기 위한 준비만큼 흥겨운 일도 드물다. 더구나 십대에 시작을 한 대학과정을 적지 않은 불혹의 나이에 이수하게 되는 아들의 졸업식장을 가는 아버지의 기대와 설렘은, 어느 다른 경사와는 사뭇 감정이 다르다. 예정일이 정해지던 날 달력에 동그라미를 쳐 기억해두고 마음 졸이며 기다리던 모처럼의 특별한 여행이었다. '몇 날 며칠이라도 야영장에서 보낼 수만 있다면……' 하는 생각을 맘에 두고 텐트와 갈아입을 옷가지를 준비해 승용차 트렁크에 실었다. 작은 가방에는 아르헨티나 문우를 위해 서울「동방문학」에서 보내준 격월간 문학지와 필기도구를 챙겨 넣어두었다.

　아르헨티나 북동쪽에 위치한 23개 주 중 콩과 밀 수확이 많은 엔트레리오스 주, 지리적으로 완만한 언덕으로 구성되어 있는 소도시 푸리가리 [UNIVERSIDA ADVENTISTA DEL PLATA] 삼육대학교까지 거리는 600여Km이며, 무려 일곱 시간을 승용차로 가야 되는 장거리 여행이다. '노인(老人)동심(童心)'이라던가, 동트기 전 하늘을 살펴 날씨 점검을 한다. 당장 소나기라도 쏟아질 것만 같았던 어제의 검은 구름은 밤사이에 말끔히 걷히고 솔바람이 이는 맑게 개인 주말 아침 상큼한 출발이었다. 수도 부에노스아이레스의 경계선인 헤네랄 파스를 벗어난 사라테 부라소라르고 다리를 건너 천혜의 푸른 초원을 가로지른 14번 고속도로, 검은 아스팔트 위를 시속 100~120킬로미터 속력을 유지하며 달리는 짜릿한 스릴은 답답한 우리를 벗어나온 해방감 같은 기분이 들기도 했다. 때를 넘긴 아들의 졸업식장을 가는 길은 운전방해나 지루함 없는 흥취를 만끽하는 여행이었다.

장엄한 오케스트라 축하팡파르가 울려 퍼지는, 장내 가득 찬 졸업행사장은 빈 좌석이 없이 만원이었다. 이날 졸업장을 받게 될 젊은이들의 국가를 상징해 마련한 대강당 상단을 장식한 만국기 맨 앞줄 흰 바탕에 태극문장, 4괘가 선명한 태극기를 바라보면서 만감이 교차했다.

1970년대 남미의 대전역으로 불리던 파라과이의 수도 아순시온, 허름한 루케 국제공항 출입국관리소를 정황도 모르고 걸어 나오던 아들 영재의 한국나이는 3세였다. 18세 되던 해에 아우토노마 부에노스아이레스의 근교 킬메스 중학을 졸업하고, 이듬해 Bs, As, 국립대 GEOGRAFIA(지리학)과에 입학을 했다. 부유한 가정의 백인 동료(오래 전 아르헨티나에는 유색 피부를 분별하는 문화가 있었다.)들과 원만하게 어울리지 못해 3학년 수강을 포기하고 집안일을 도우며 몇 해를 보냈다. 엔트레리오스 주UNIVERSIDAD ADVENTISTA DEL PLATA의 TEOLOJIA 3학년(휴학을 하게 되면 3년씩 거르는, 영재와 3자리 숫자는 특별한 인연이 있다)과정을 끝낼 무렵이었다. 할머니가 노환으로 자리에 눕게 되셨다는 연락을 받고 영재는 귀가해서 거동이 불편하신 할머니 병수발을 도맡아서 했다.

아내는 잠시도 쉴 틈이 없는 편의점을 운영하며 영재의 복학을 시킬 수 있었지만 IMF후유증으로 인한 불경기는 좀처럼 풀릴 기미를 보이지 않았다. 수업료와 기숙사 비용을 보낼 수 없어 학업을 중단하고 귀가해 있던 영재는 현지인교회 새 신자 전도 무료봉사를 하면서, 연합회의 배려로 남은 과목을 이수하고 오늘 40의 나이에 감격의 졸업을 하게 되는 것이다.

"어머니, 아버지 고맙습니다."

고맙기는 우리 부부도 마찬가지다. 아들의 졸업장 두루마리를 받아들고 활짝 웃는 아내의 밝은 모습은 억척스럽게 일에 매달려 온 마음의 짐을 내려놓게 했다.

대학캠퍼스에 영재를 남겨두고 우리 내외는 20여Km 도시를 벗어난 PARANA 강 유역의 유료 야영장을 찾기로 했다. 가는 도중에 윤형감각증 증세로 같은 장소를 벗어나지 못하고 샛길을 헤매며 당황해 하던 기억은, 지금까지도 어처구니없었던 혼돈의 순간으로 남아있다.

오던 길을 몇 차례 돌아 여울목 파라나 강기슭에 도착을 했을 때에는, 어느덧 11월 한여름 붉은 해가 이미 서쪽을 향해 기울고 있었다. 엔트레 리오스의 젖줄 여울이 넘실대는 파라나 강 어귀에서 불어오는 신선한 맞바람이 싫지 않게 양 볼을 스친다. 우리는 서둘러 텐트를 치고 어두워지면 덤벼들 극성스런 모기떼를 대비해 향을 피워두었다. 불과 10여 분가량 지체했을까, 어느새 어둠이 짙게 깃들고 하늘에서는 찬란한 별빛이 야영장 주위로 쏟아져 내린다. 약속을 해 두기라도 한 것처럼 강둑을 잇는 낮은 언덕으로 자리를 옮겨 아내와 나란히 앉았다. 오랜만에 느껴보는, 잊고 지낸 호젓하고 다정한 단 둘만의 시간이었다. 반딧불이 반짝이며 곁으로 다가왔다가는 이내 어디론가 사라진다. 열악한 환경에서 궁색하게 인생공부하던 그때가 행복하고, 훌륭한 자식 만들 생각 하나만을 마음에 품고 세모의 긴 세월들을 보냈었다. 저 별은 헤어짐의 상처와 가난의 괴로움을 조금은 알고 있겠지….

유성이 흐르는 낯 익은 현란한 섬광은 그 옛날 아련히 기억에 남아있는 아름다운 추억을 돌아보게 한다. 파란 풀잎에 맺혀 반짝이는 이슬처럼 맑은 눈동자에 고운 얼굴, 단정한 검은 머리 20대의 보드라운 손길, 친구 부부가 송별여행으로 마련한 청평 호수 야영장에서 아내의 도움으로 천막을 치고 3박 4일을 보내며 헤어짐의 우정을 나누던 친구 모습이 새삼 떠오른다. 오늘처럼 자연의 신비와 오묘함에 빠져드는 황홀한 밤이었다. 그러면서도 오만 가지 생각으로 정신은 맑아지고, 모두 잠든 밤하늘을 하염없이 바라보며 유난히 긴 밤을 지새웠다. 어제만 같은 40여 해 세월이 흘러가는 동안, 허무하단 생각 없이 열심히 살았다. 셀 수 없이 많은 사람들과 인연을 맺고, 몇 번을 용서하며 몇 번의 용서를 받았을까? 우리 내외는 도란도란 깊은 밤의 기온을 느끼지 못했다. 시샘 조소 고색 창연한 하늘을 우러르며, 시간을 멈춰 세우고 오직 한 폭의 그림으로 담아두고 싶은, 반사적인 간절한 충동을 일으킬 뿐이었다.

불갑사 상사화를 보고

스페인어 속담에 "AMOR NO TIENE PRECIO"란 말이 있다. 전문번역인 도움이 아니더라도 '사랑에는 값이 없다', '사랑은 값어치를 논할 수 없다', '돈만으로는 사랑을 살 수 없다'는 뜻으로 이해하면 될 것 같다. 그런 까닭에, 더러는 소설 속에, 동서양 애정영화나 연극에도 기업을 포기하면서까지 사랑을 선택하는 실제의 장면을 자주 보게 된다.

지금에 와서 뜬금없는 남녀 간의 사랑이야기 발상은 지난해 9월 중순경으로 거슬러 올라간다. 남성의 감정에 의해 한 여인을 사랑하면서 끝내는 말 한마디 건네지 못한 사연을 한 송이 꽃으로 고백한, 시인의 시상이 떠오를 만한, 선운산 불갑사 주지스님과 상사화에 얽힌 전설은 잔잔한 감동의 여운을 남긴다.

지난 해 9월, 20일 간의 여행이 친지방문은 아니었지만 지구촌 아르헨티나에서 36시간 비행기에 시달리는 고국방문 사실만으로도 친척들에겐 마음 설레는 화젯거리였다. 신 경주에서의 (사)국제PEN한국본부 주관 '한글, 문학을 노래하다' 행사가 끝난 후에도 서울에서 머무는 동안은 쇼핑을 다녀올 생각조차도 할 수 없을 만큼 바쁘게 보냈다. 그런 판단이 흐려지는 중에도 만남을 취소하면 몹시 섭섭해 할 세 동서가 한 동네에서 이웃하고 있는 아내의 고향 태인만은 하루 짬을 내서 다녀가기로 했다.

성남시 야탑 시외버스터미널을 출발한 정읍 행 고속버스가 정안 휴게소 주차장에 진입을 한 시간은 정오가 다 되어서였다. 서울의 12시 한낮은 반나절 늦은 부에노스아이레스의 0시이다. 밀려오는 졸음을 씻을 겸 휴게소 공중변소를 가게 되었는데 그곳 변기 윗부분에 때 묻은 조그만 팻말의 짧은 글을 보게 되었다.

"인생은 한 권의 책과 같다. 어리석은 이는 그것을 마구 넘겨버린다. 하지만 책은 단 한번만 읽을 수 있다는 것을 알기 때문이다" -상 파울-

아련히 기억에 떠오르는 서양속담이었으나 충실한 내용을 빠뜨린 느낌이 든다. 그보다도 맘에 내키지 않은 건 이 글을 여러 사람에게 알리기 위한 장소가 하필이면 화장실이란 말인가, 위인이 남긴 말의 뜻과 주변 환경이 어울리지 않는다는 생각이 먼저 들었다.

버스가 정읍시에 진입을 하자 동서들로부터 걸려오는 전화로 인해 핸드폰 신호음이 연속 울린다. 오랜 세월 만나지 못해 그 동안 변한 모습이 궁금하기도 하겠지만, 그보다 앞서 주소를 잘못 찾아 헤매지 않을까 걱정이 되어서였을 것이다. 여섯 동서 중에 누구보다도 자상한 큰동서 성의에 진작부터 처제가족이 와서 기다리는 손위동서의 집은 어렵지 않게 찾아 갈 수 있었다. 해외에 거주하는 제부를 위해 준비한 처형의 진수성찬은 고마움이 먼저 와 닿는다. 텃밭에서 가꾼 신선한 야채반찬은 먼 걸음 노독으로 잃었던 음식맛을 한결 돋우어 주었고, 정성들여 차린 소담한 시골 음식은 고국의 정서와 늘 마음 한구석 잠재해 있는 회포를 풀게 해주기에 충분했다.

모처럼 만에 네 동서 가족이 모이게 됐으니 분위기도 고취시킬 겸 전북 고창의 불갑사 상사화 구경을 가기로 했다. 태인읍에서 고창으로 가는 국도변 차창을 스치는 시골마을의 가을풍경은 내숭도 모르고 일찍 철들을 수밖에 없었던 어릴 적 생각을 불러온다. 솔직하게 털어 내놓지 못한 불만이 일 때면 망설임 없이 마을 뒷산 정상을 향해 올라 다녔다. 어린 마음에도 그렇게 산행을 하고 나면 공연히 서러워지고, 마음 무겁게 하던 생각들이 유연해지곤 했었다. 그때 소년을 괴롭히던 방황이 결국엔 객지에서 잔뼈가 굵어지고, 고독한 해외 이민을 선택하게 했는지도 모를 일이다.

우정, 볼거리가 많은 지역을 두루 돌아보며 도착을 하게 된 선운산 도립공원 입구의 솔잎 그늘진 생태숲 전경은 그냥 지나칠 수 없는 눈요기였다. 긴긴 여름을 지나 녹색에서 연갈색으로 넘어가는 9월의 삽상한 가을바람은 모든 긴장을 내려놓게 한다. 언덕진 길을 십 여분 걸어 올라가면 온통 상사화가 주황색으로 물든 7부 능선에 불갑사 전경이 눈앞에 펼쳐진다. 팔순의 처형이 함께한 우리 일행은 이내 꽃무리 아우름에 도취되어 상사화 군락을 배경으로 한껏 포즈를 취해 기념사진을 남기며 마냥 흥겨워했다.

마지막으로 경내를 둘러 본 하산길에 남녀 간 이루지 못한 사랑을 꽃으로 피어나게 한 상사화 전설에 대해 들어본 적이 있느냐고 막내 동서가 내게 묻는다.

상사병은 이성간 서로 그리워하다 견디지 못해 모든 의욕을 읽고 울적해져 웃음을 잃어버리는 병증이라고 한다. 때마침 선운산 도립공원 불갑사 주변을 붉게 장식한 상사화에 얽힌 바에 대해선 아는 바도, 그렇다고 어렴풋이 떠오를 만한 기억이 없어 인터넷 기록을 찾아보았다. 일반 화초는 봄에 잎이 돋아나면서 꽃이 피어 잎과 꽃 사이를 서로 알 수 있다. 그러나 9월경에 피는 상사화는 봄에 잎이 돋아나 자라고 시든 두서너 달 다음에 무릇 뿌리에서 대가 솟아나 꽃이 피고 진다고 한다. 그러니까 상사화는 끝내 싱그러운 파란 자기 잎이 질 때까지 서로 알 수 없는 안타까움을 드러내는 전설의 꽃이었다.

상사화 전설이 있기 전 부모를 극진히 모시던 딸은 아버지 극락왕생을 기원하며 100일 탑돌 정성을 드리려고 불갑사를 찾게 되었다고 한다. 주지스님은 100일 탑돌 정성을 드리고 돌아간 여인에게 연모의 정을 느끼고 그만 시름시름 병을 얻어 숨을 거두게 되었다. 이듬해 봄 스님의 무덤 위에 한 송이 꽃이 올랐는데, 세속의 여인에게 말 한마디 하지 못하고 죽은 스님의 모습을 닮았다 하여 꽃 이름을 상사화로 짓게 되었으며, 그래서 나온 말이 상사병에는 약도 없다는, 스님이 남모르게 이성으로서 마음고생을 한 안타까움이 전해지고 있다고 한다.

남성으로서 여성을 향한 좋은 감정을 나타낸 스님의 멋진 고백 '상사화'. 상사화는 한 남성의 수준 높은 정신적 예법을 어기지 않았고, 남녀 누구나 슬며시 느낄 수 있는 세인의 큰 기쁨을 꽃으로 피우셨으니 남자의 향기를 품은 멋이 있는 꽃이라고 해야겠다. 이루지 못한 주지스님의 사랑은 티 없이 고운 꽃으로 피어나 세상에 알리는 계기가 되었지만, 뭇 사내들이 사랑하는 여인에게 붉은 장미송이를, 특별한 경우에는 일백 송이나 되는 폭발적인 청혼꽃다발을 선물하는 발군의 기발한 생각을 하게 되지 않았을까? 말로는 표현할 수 없는 여인을 향한 스님의 사랑고백, 고운 홍자색 유혹의 아름다움과는 달리 한 남자의 고귀한 사연이 숨겨져 있는 꽃이었다.

다분히 변용된 페론주의 포퓰리즘

　스페인에 침략당한 라틴아메리카 대륙의 인디오들은, 오랜 세월 동안 종교적 편견으로 인해 짐승 같은 삶을 살았다. 인디오들은 영혼조차 없는 동물이라면서, 이들의 터전을 빼앗고 집단학살을 하는 등 스페인 가톨릭 종교 지도자들의 핍박으로 인해, 주인인 인디오 지도자들과의 심한 갈등과, 주권회복을 요구하는 원주민들의 집회가 끊이지 않던 아르헨티나. 20세기에 들어와서 거세게 일기 시작한 후안 도밍고 페론주의 포퓰리즘과, 33세 한창 젊은 나이에, 아르헨티나 국민은 나의 죽음을 슬퍼하지 말라는 유언을 남기고 세상을 떠난, 핍박당하고 소외당한 가난한 국민들의 국모 에바 두아르테 데 페론(애칭 에비타) 영부인의 인권운동은, 세계 어디에서도 누릴 수 없는 빈민과 노동자들의 천국을 일구게 된, 유럽식으로 건설이 된 도시의 이민국 아르헨티나. 우여곡절 끝에 후안 도밍고 페론이라는 인물을 통해, 주인인 인디오 테우엘체 부족의 한을 풀게 된 나라 아르헨티나. 조상대대로 아르헨티나 남부 파타고아를 지배했던 테우엘체라는 인디오 부족은, 잉

카족이나 과라니족, 마프체족 남미의 다른 인디오와는 다르게 백인을 압도하는 거대한 체구를 가진 거인들이었다. 시를 지어 노래를 부르기도 하고, 악기를 능숙하게 다루는 문화적인 민족이기도 했다. 달을 중심으로 절기를 구분하는, 다분히 동양적인 풍습을 지키며, 구전으로 전해오는 신화 '엘라알'은 그리스의 신화 헤라클레스를 연상케 하며, 유대민족의 장사 삼손과 닮은 점이 여러 군데서 발견된다고 한다.

테우엘체 부족은 1520년 마젤란 탐험대에 의해서 발견되었고, 거대한 몸집에 겁을 먹은 마젤란 탐험대는 이 지역 탐험을 포기했다고 한다. 남미를 정복한 스페인 군대는 페루 잉카제국의 금과 은의 약탈에 혈안이 돼 있었고, 파라과이 우루과이에 거주하던 스페인 민간인 이주자들이 아르헨티나 지방마다 도시를 형성하고 영주로 군림하면서, 자신들의 영토를 늘리기 위해 남부탐험에 본격적으로 나서며 테우엘체 부족과 우호적 관계를 유지한다. 1816년 아르헨티나는 스페인으로부터 독립을 선언, 정부는 원주민 부족에게 유럽의 종교인 기독교를 강요하며, 자신들의 종교를 지키기 위한 원주민 부족과의 전쟁을 치르게 되지만, 야생 짐승 몰이식의 게릴라 전술을 펼친 테우엘체 용사들에게 번번이 패하고 만다. 정부는 테우엘체족을 정복하면 자유로이 살 터전을 마련해 주는 조건으로 흑인 노예를 무장시켜 지루한 전쟁을 하게 했다. 계략에 빠져든 전쟁으로 인해 테우엘체 부족체제는 소멸되었고, 흑인노예는 모두 비참한 최후를 맞게 되는, 정부군은 원주민 말살과 골칫거리인 흑인노예 처리라는 두 가지 효과를 거두었다.

　작은 시골농장 두 칸짜리 오두막집에서, 의사 지망생이었던 백인청년과 원주민 테우엘체 16세 여인 사이에서 태어난 후안 도밍고 페론은, 유럽의 육군사관학교 교육을 받은 청년장교가 되어 조국 아르헨티나로 돌아온다. 페론은 어린 시절을 보낸 고향 안데스산맥의 파타고니아 지방을 돌아보며 원주민 노동자들의 비참한 생활을 목격하게 된다. 그때부터 천대 받는 인디오 자손과, 가난한 노동자 편에 설 다짐을 하게 된 페론은, 5개 국어를 유창하게 구사하는 다재다능한 엘리트였으며 음악, 특히 피아노 연주는 수준급이며, 그림에도 천부적인 소질이 있었다고 전해진다. 복지부 장관시절 노동자 권익과 원주민 보호 관련 사업으로 동분서주하던 페론은, 가난한 농부의 딸로 태어나 성우로서, 아나운서로 못 가진 자, 빈민구제사업 단체를 구상하던 에바 두아르테와 운명적으로 만나, 부부는 함께 가난한 자의 편에서 대선을 치르고, 1946년 페론장군은 대통령에 당선된다. 영부인 에바 두아르테 페론은 에바 페론재단을 설립, 불우청소년, 버려진 여인들, 미혼모, 실직 노동자, 노약자 구제에 전력하면서 직업훈련소, 아동병원, 학교설립, 연금제도를 마련했다. 에비타의 이런 봉사정신을 높이 산 의사, 간호사들이 앞을 다투어 무료봉사를 자원한다. 대통령이 된 페론은 친구인 주치의를 시켜 모친을 찾으려 하지만, 모친인 후아나 소사는 자신의 신분이 대통령에게 미칠 영향을 생각하며, 나는 페론의 어머니가 아니라고 잡아뗀다. 주위의 눈을 피해 바레이로 박사의 도움을 받아 생활을 하던 모친 후아나 소사의 부음을 받은 페론은, 대통령전용 비행기를 현지에 보내 어머님 시신을 모셔오게 하고, 차카리타 국립묘지에서 마지막으로 대답 없는 어머니를 불러본다.

명실공이 세계 최고의 복지국가를 만들겠다는 페론의 포퓰리즘은, 7일 대통령 로드리게 사아를 비롯해 5명의 페론당 소속 대통령을 만들어 냈으며, 크리스티나 키츠넬 현 대통령 역시 에비타의 공약을 번복하면서, 다분히 변용을 이룬 적법한 집권에 성공하고 있다. 치안은 이루 말할 수 없이 불안하고, 처우개선을 요구하며, 허구한 날 대로를 막고 북을 두드리는 노동자들로 인해 시내 교통이 혼잡해짐은 물론, 외국기업들은 손을 털고 철수해 자국으로 돌아간다. 나라의 불이익에 관여치 않고 선거철만 되면 정치인들은 하나같이 자신이 페론주의자이며, 에바의 못다 이룬 꿈을 자신들이 대신할 것이라며 빈민촌 표밭공약을 위해 열변을 토한다.

올해는 아르헨티나 독립 200주년이 되는 해다. 다양한 행사로 정부의 공적을 홍보한다. 정치를 모르는 무딘 눈으로도 현 정부 대통령 측근들의 권력형 비리를 밝히는 신문기사를 볼 수 있다.

어느덧 35여 년 남미에서 나이가 들었다. 숨 쉬며 생각을 하고 있는 한 고국소식에 귀를 기울인다. 박 대표가 부친을 업으로 태어나기를 바라는 마음은 일하는 국민, 경제 대국을 일군 박정희 대통령 이전의 가난했던 기억을 잊지 못해서다. 그러나 과잉충성하는 관리들이 판을 쳤다. 오만 무도한 에고이즘 철권정치, 햇볕

정치, 문민정부, 현 정부, 친인척 측근 관리들의 비리로 얼룩져 성한 대통령이 없다. 참신한 인맥을 고르는 지혜와, 가난한 백성을 살피는 어진 대통령이었으면 하는 바람이다. 그것은 오로지 조국의 정치적 안정이 해외국민을 보호해 주는 든든한 울타리가 되어주기 때문이다.

고국의 시골집을 떠올리게 하는 전원생활

  첫 손녀를 보게 되는 기쁨으로 축하 겸 딸아이 입원한 병실을 방문한 지가 어제일 같은데 손녀 마이테는 초등학교에 입학을 하고, 두 살 아래인 손자 단테가 어느새 유치원생이 되었다. 오직 엄마 사랑만을 믿고 생각하는 딸아이는 외할머니 품에 아이들을 맡겨두고 직장인 어린이 병원으로 출근을 한다. 일선에서 한발 물러서면 딸자식 뒷바라지 해주는 일이 순리인 것처럼 여겨온 우리 부부에게는 60리나 되는 먼 거리를 오가며, 어린아이 둘을 돌보는 일로 이만저만 바쁜 게 아니었다. 피곤하고 바쁘다는 핑계로 한두 가지씩 다음날로 미뤄지는 일도 잦아졌다. 미뤄두었던 일을 다음날 처리하다가 못하면 다음날로 미루어지게 된다. 이래선 안 되겠다는 생각에 시간도 절약하고, 딸네식구들의 부담스러워하는 마음의 짐을 덜어주기 위해서 사람들이 썰물처럼 밀려다니는 온세 상가지역의 20여 해 정이 든 아파트를 비워두고 학교 가까이에 있는 고향집처럼 한적한 시골집으로 이사를 하게 되었다.

  가족 앞에서 드러내 말은 안 했지만 아침에 일어나면 잔디에 물을 주고, 뜰 안에 조그만 터라도 있으면 꽃나무를 심어 가꾸면서 식물이 자라는 모습을 오며 가며 들여다보는 취미생활을 하고 싶은 생각을 늘 하고 있었던 터였다. 노후의 꿈을 정립하면서 기대를 해오다 정원 딸린 주택을 구입하게 되니 돌을 갈아 하나의 석탑을 만들어 놓은 만큼의 흐뭇한 생각이 든다. 아내는 한 수 더해서 아예 채소밭을 일구어 상추와 쑥갓을 심어먹자며 함박꽃 같은 웃음이 얼굴에서 떠날 줄을 모른다.

빠~앙, 빠~아~앙, 먼동이 트기 전 몇 블록 사이에 있는 기차역에서 첫 출발을 알리는 경적소리를 들으며 잠에서 깨어 아침을 맞는다. 집 뒤편 뜰 안의 잔디밭에는 직박구리 산새 가족이 찾아오고, 풀밭에서는 이름 모를 작은 벌레들이 정오의 한낮을 노래한다. 목청을 돋우어 손님을 부르는 상인들의 숨 가쁜 외침은 여기서는 들어 볼 수 없다. 무색투명하던 그 옛날의 시골집의 해맑음을 업그레이드 하며 무겁디무거웠던 마음에 짐을 내려놓는다.

우리말 발음이 서툴긴 하지만 겸손이 예의를 갖춰서 할아버지를 부르는 초등학생 여섯 살 박이 외국손녀의 깜찍스런 재롱이 대견스럽기 그지없다. 할머니 할아버지 몸에 밴 동양의 예절을 보고 배우며 따라하려는 갸륵한 마음이 할머니의 애정을 값없이 쏟아 부어주도록 하는가 보다. 유치원생인 단테와 초등학생 마이테가 학교에서 돌아오면 집안이 온통 난리를 치르기도 하지만, "할머니, 빱 짭수쎄요." 가정교육을 풍자한 소꿉놀이를 지켜보며 웃음을 자아내기도 한다.

말끔하게 거리정돈이 되어있는, 새로 이사를 한 동네 베르날 시골집, 눈빛도 서글서글하고 평소 알고 지내던 이웃 동양인으로 대해주는, 미덕의 너그러운 인사를 하는 주민들이 고맙다. 처음 집을 보기 위해 방문하던 날은 주렁주렁 매달린 유자열매와 감귤나무가 마음에 들어 딸네가족에게 도움을 청하게 되었고, 현지인인 사돈어른이 거의 한 해 가까이 중개업소와 까다롭게 구는 집주인을 번갈아 만나 흥정을 하며 어렵사리 지금의 시골집을 구입할 수 있었다. 부족한 돈은 보태주면서까지 적극적으로 나서서 도우려는 사돈 카를로스의 깊은 마음을 늘 고맙게 생각한다.

오랫동안 비어두었던 집안의 쌓인 먼지를 털어내고 이삿짐 정리를 마무리 할 때만해도 푸릇푸릇하던 유자열매가 어느새 노랗게 익어 하나 둘 파란 잔디 위에 수를 놓는다. 이제 와서 돌아보니 지난 여름 한철은 한시도 쉬어볼 짬이 없이 보냈다. 주말 오후 차 한 잔의 틈을 내서 잠시 일손을 멈추고 창밖을 바라본다. 아직은 촉촉이 수분이 남아있는, 노란 은행잎이 유리창살에 사뿐히 내려 않는다. 가을빛이 선명한 은행잎은 스치는 바람을 견디지 못하고 이내 옆으로 굴러 떨어진다. 마른 잎이 이리저리 바람에 뒹구는 거리가 몹시 쓸쓸하고 야위어 보인다. 후줄해진 자연이 야위어가고, 속절없이 여윈 남정네 마음이 야위어간다.

8월 초에는 본격적으로 겨울철 우기에 접어들 것이라는 기상청 예보가 예사롭지 않다. 부에노스아이레스 주는 유난히 습도가 많은데다 자칫 마음이 어두워지는 계절이기도 하다. 어쩌다 하염없이 가랑비라도 내릴라 치면 가슴이 먼저 젖어온다. 기르던 황소가 새끼를 낳던 시골집, 눈서리 같은 하얀 배꽃이 떨어지던 고개 넘어 고국의 시골집 생각이 난다.

조상님의 묘는 내 마음의 고향

꿈에 그리던 고국방문 20여 일이 지난 11월 마지막 주말이었던 것으로 기억된다. 시차적응이 돼 이른 잠을 깨지만 그렇다고 서둘러 집을 나서야 할 일은 없었다. 침대머리에서 뒤척이며 늑장을 부리다가 뉴스라도 봐야겠다는 생각에 TV를 켰다. 대선 선거전 중반을 넘어 열기가 한참인 박근혜 문재인 두 후보의 유세장 분위기를 전하는 뉴스에 이어, 전국적으로 많은 눈이 내릴 것이라는 기상청 일기예보와, 우리의 민요 아리랑이 세계무형문화제에 등재되었다는 흐뭇한 소식이 방송을 타고 흘러나왔다.

솜처럼 흩날리는 하얀 눈송이를 상상하니 연년생 돌쟁이 남매를 앞세우고 남미 파라과이 이민을 떠나던 해 정월이 생각난다. 그 해는 전국적으로 많은 눈이 내려 내륙지방도로 교통이 마비되고, 도시에서는 인도가 미끄러워 보행이 여간 부담스러운 게 아니었었다. 세를 들어있던 필동 3가 집 뒤편 소나무 가지에 핀 한 점 흠이 없는 하얀 눈꽃은, 일 년 내내 눈을 볼 수 없는 파라과이

와 아르헨티나의 수도 부에노스아이레스에서 곁방생활을 하면서도, 문득문득 생각이 나 향수에 젖어 들곤 했었다.

두툼한 털옷으로 갈아입었지만 몸이 오싹 움츠려 드는 쌀쌀한 날씨였다. 바지주머니에 깊숙이 손을 묻고 뿌드득 뿌드득 추억을 밟는 동안 어느새 종묘 앞에 이르게 되었다. 사박사박, 머리 위에 소복이 쌓이는 눈을 맞으며 고궁을 걸어보는 것도 좋겠다는 생각이 들어 입장권을 샀다. 영어권 방문객 입장시간, 중국어권 입장, 일본인 관광객 입장시간, 한국어를 할 수 있는 관광객 방문시간이 한 시간 간격으로 이뤄지고 있었으며, 외국인 그룹에 비해 한국어를 알아들을 수 있는 방문객은 의외로 적었다.

종묘제례를 위한 준비실 향대청 일원, 제를 지내기 전 목욕재계하고 의관을 정제하며 심신을 정결히 하는 재궁 일원, 종묘에서 가장 중심이 된다는 정전 일원과 영녕전 일원, 제례용 음식을 준비하는 전사청 일원, 제를 지내는 숭고한 정신을 소중하게 관리 관장 하는 종묘는 세계문화유산 걸작으로 선정이 되었다는 안내요원의 이해하기 쉬운 역사 이야기를 관심 있게 들으며 종묘 관람을 마쳤다.

돌아오는 길은 우정 함박눈이 수북이 쌓인 청계천 산책로를 걷기로 했다. 동대문 일대의 신 구평화시장 쇼핑을 하고 숙소에 돌아오니 몸이 나른해 온다. 더운 물 목욕을 하고 최대한 편안한 자세로 소파에 몸을 기대고 앉았다. 피로와 함께 몰려오는 졸음으로 눈은 무겁게 잠겨오지만, 불과 며칠 전 잡초가 무성한 조상님 봉분을 크레인을 동원해서 파헤치고, 형체도 알아볼 수 없는 납골을 수습하여 가스불을 살라 화장을 하고 온 나의 행위가 조상에 대한 예의가 아니라는 자책감으로 좀처럼 잠을 청할 수가 없었다.

우리 가족이 외국에 나가있는 서른여섯 해 동안은, 주위에 벌초를 하러 왔던 이웃자손들이 봉분은 무너지고 떼잔디도 다 벗겨진 쓸쓸한 무덤이 보기에 흉물스러워, 잡풀 포기라도 깎아주고 가자고 해서 가까스로 볼록한 무덤자리만 유지하고 있던 조부님, 백부님 그리고 아버님의 묘를 육중한 기계를 동원해 흙을 파서 헤집고 유골을 추려내는, 선뜻 맘에 내키지는 않았지만 그렇게라도 해야만 도리인 것 같아서 묘 정리를 하게 되었던 것이다.

시제 때 고향을 가게 되면 농사일로 거칠어진 손으로 덥석 잡으시며 조카를 반겨주시던 삼종숙 내외분 모습이 떠오른다. 명절 때엔 십여 명이나 모이던 친척어른 모두 고인이 되시고, 마을 생사고락을 곁에서 지켜보신 외숙부님, 팔십 억겁을 바라보시는 고종누님과 사촌누님 그리고 누님을 모시고 함께 온 큰조카뿐인 썰렁한 소각(燒却) 예식이었다. 지관은 마른 오징어와 북어포를 준비하여 잔디 위에 헌 신문지를 깔고 간단한 음복상을 준비한다. 허드렛일을 돕는 일꾼들과는 서로 몰라보았을 뿐이지, 어린 시절을 함께 보내던 알만한 분들이었으니 '그간 어떻게 지냈느냐?' 아련히 떠오르는 옛 추억을 되돌아보는 분위기로 기울어졌다.

마을에는 키가 크고 엉거주춤한 걸음을 걷는 J라는 사람이 있었다고 한다. 어느 사이에 북한 공산주의 사상을 받아들인 뜨내기 J는, 근실한 마을 청년들을 조직에 강제 입단시키는 못된 행동을 하고 있었다. 공산주의 사상을 거부하는 청년에게는 근거도 없는 죄과를 뒤집어 씌워 공개 처형하거나 행방불명으로 처리하곤 했다 한다. 외숙부님 스무 살 때였다고 한다. 마을 뒷산에 숨어있던 외숙은 해가 지기를 기다려서 할아버지 혼자 계신 누님 집으로 숨어들었다. 어느 누구의 고자질에 눈치를 챘는지 뜨내기 J가 찾아왔다.

"석하(필자의 아버님 존함) 처남이 왔다면서요?"

"그럼, 왔지."

"어디에 있습니까?"

"포천읍내에 간다고 나가던데….."

"그게 얼마 전입니까?"

"20여 분이나 됐을까?"

그렇잖아도 우쭐해진 J였는데, 어수룩해 보이는 조부님의 시침뚝 뗀 속임수에 넘어가 뒤도 안 돌아보고 휑하니 대문 밖으로 뛰어가더란다.

"컴컴한 뒷방에 숨어 두 사람의 대화를 들으면서 얼마나 조마조마했는지 몰라."

"할아버지가 조금이라도 어줍은 표정을 하셨더라면 나는 그 놈들에게 끌려가서 맞아 죽었을 거야."

"할아버지는 나를 살려주신 은인이셨어."

사변 통에 집이 폭격을 맞아 불에 타고, 그때에 조부님께서 돌아가셨다는 말을 전해 들어 그렇게 알고 있었지만, 한양 조씨 집안과 제주 강씨, 경주 최씨, 손꼽아봐야 대여섯 각성인 농가마을에서 흔하게 있었던 슬픈 역사의 뒷얘기는, 듣는 이의 마음을 무거운 납처럼 가라앉게 했다. 선산의 묘 정리를 하기 전까지만 해도 깊이 관심을 두지 않았던, 해가 잘 드는 산자락에 가지런히 정돈이 된 가족 봉분이 부러움으로 새롭게 눈길을 끈다. 어느 돈이 많은 부자는 풍수지리상 명당이라는 자리를 구입해서 자신의 묘를 만들고, 비석을 미리 세워 주위를 철조망으로 막아 외부인 출입을 막아둔다고 한다. 해가 바뀌고 여폐(餘弊)의 세월이 흘러 2~3세대 후손 때에 가서는 재상(宰相) 홍길동, 사실로 둔갑한다는 카페 글이 업그레이드된다.

발길이 종묘로 옮겨가게 된 일이 설사 우연일지라도, 고향을 환기(喚起)시켜주시려는 조상님 넋이 인도했으리라는 생각을 한다. 깊은 시름에 잠길 때, 힘에 겨울 때 선산 조상님의 묘와 고향생각을 한 번 더 하게 되더니, 아르헨티나로 귀환해서 생활을 하고 있는 지금은 어머니의 고향처럼 멀리 보인다. 쓸쓸히 몸져누울 날이 오면, 마음 기댈 고향을 잃은 서러움은 어찌 할꼬? 대리석으로 봉분 호석을 쌓아 견고하게 정돈을 하였더라면 생각하니 멍하니 맥이 풀린다.

갈색 눈의 손녀 '마이테'

시원한 미역국을 들통에 담아, 육십 리가 넘는 딸아이 집을 왕래하는 한국 어머니의 정성이 지극하다. 오스트리아에서 온 이민자로 눈이 파란 사위 아리엘과, 나의 딸 릴리안 사이에서 태어난 손녀 마이테 이야기를 할까 한다.

나는 더 나은 생활을 할 수 있다는 기대를 갖고, 남미 파라과이에 이민 첫발을 디뎠지만 아르헨티나로 재 이주한 지 삼십이 년 만에, 처음으로 불어난 피붙이다.

시집간 딸이 아이를 낳았다고 하니, "축하한다.", "어떻게 생겼느냐?", "누구를 닮았느냐?" 등 이웃과 친우들로부터 축하 인사와 질문이 끊이지 않는다. 백일이 지난 마이테가 방긋방긋 눈맞춤을 할 때였다. 한식(韓食)을 선보이고 싶다는 아내 성화에, 주말 오후 딸네를 초대하기로 했다. 처음으로 사돈과 함께한 저녁상인데, 김치, 양념된장을 상에 놓아 흉이 되면 어쩌나 사뭇 걱정이 앞선다.

딸은 상추에 불고기를 싸서 한입 쏙 넣더니, 남편과 시아버지에게 도드라진 양 볼을 보여주며 먹어보란다. 뜻밖에도 양념장과 불고기를 상추에 싸서 오물오물 씹어 먹는 사돈어른, 새콤한 포기김치를 젓가락으로 집어 올리며, 한식문화에 공을 들이는 사위 정성이 남과는 다른, 가까운 인척이 분명해 보였다. 못미더워서 하는 말은 결코 아니지만, 파란 눈을 가진 외국인 사위가 낯설게 느껴지는 게 내 솔직한 심정이었다.

그날 저녁 정성이 담긴 포도주를 준비해온 사돈 카를로스와, 모처럼 많은 대화를 나누었으며, 서먹함을 털어낸 허심탄회한 시간을 보낼 수가 있었다. 불고기를 즐겨 먹는 사위 아리엘, 한식을 맛들인 사돈 카를로스, 딸 릴리안과 손녀 마이테, 그리고 우리 가족이 함께 한 오붓한 진짜배기 지구촌 주말 잔치는, 화기애애한 분위기로 이어지고 있다.

와인, 한식, 이 모든 것이 흥미진진했지만, 화제에 주인공은 역시 손녀 마이테다. 한 주 동안에 달라진 마이테 얼굴에서, 친탁이다 외탁이다, 가족들이 야단이다. 사람마다 생각이나 느낌이 각기 다른 줄은 알고 있었지만, 이처럼 한 얼굴을 놓고 십인십색일 줄이야. 사위는 자기 닮은 얼굴이라고 우기지만 사위에게서 피해의식을 느낀 아내는, 갓난 애기 적의 자신인 딸의 모습이라고 맞받아친다. 질세라 사돈어른도 아들이 어렸을 적에는 마이테 닮은 얼굴형이었었다고, 은근히 아들 편을 든다. 내가 보기엔, 꼭 내 딸 릴리안을 쏙 빼 닮았는데…. 딸아이가 소아과를 공부하고, 유아심장외과 자격을 따기 위해 미루다가, 늦깎이 손녀 마이테와, 다음해 떡 두꺼비 같은 손자 단테를 품에 안게 되니, 양가(兩家)의 화목(和睦)은 하늘 찌를 줄을 모른다. 마이테와 7개월 된 우량 손자 단테가 방문하는 주말은, 우리 집에 웃음꽃이 만발하는 날이다. 사위가 바쁜 일이 있어 한 주를 거르기라도 하면, 아내는 맥이 풀린다며 하루 내내 투정이다.

"양반집안 마님은 못 되겠소" 라고 핀잔을 주지만 나도 마찬가지, 그런 심정이다. 반 곱슬 갈색머리에 까풀진 눈, 딸애를 닮은 상냥한 웃음, 갸름한 얼굴에 오똑한 코, 사위가 안고 있을 때면 서양 아이이고, 딸아이가 보듬고 있을 때에는, 갈색 눈빛이 총명한 한국 손녀다. 귀여움을 독차지하는 손녀 나이는 어느새 세 살이 되었고, 못 하는 말이 없이 서반아어를 곧잘 한다. 유치원을 다니게 될 마이테에게 한국어를 가르쳐 주기 위해, 할아버지인 내가, 한국어 선생을 맡게 되었다. 손녀에게 환심을 기울여 줄 좋은 기회를 얻게 된 횡재다. 여부가 있겠나, 할아버지만을 존경하며 따르도록 듬뿍 정부터 주고, 국어 공부를 가르쳐 줄 일이다.

영특하고 눈치 빠른 손녀가 그러는 할아버지 마음을 꿰뚫어 보고, 폴싹 품에 안긴다. 이번에는 "할아버지, 사랑해요" 를 몇 주 가르쳐 주는데 꽤 어려워한다. 한 주가 지나는 동안에 가르쳐 준 '할아버지 사랑해요'를 잊어버린다. 말끝에 '요' 자가 높으면 존칭인 줄은 알아서, 할아버지 귀에 가까이 와서 속삭인다.

"할아버지, 사…요."

"아이고, 착한 우리 마이테." 손녀를 꼬옥 안아준다. 귀엽기 그지없다. 인정 많고 귀여운 마이테는, 족히 한 인물 할 것 같다는 생각이 든다.

장맛비가 그친 초저녁, 맑은 별이 총총 빛난다. 오늘 저녁에는 할아버지 할머니와 놀아 주기 위해 사랑하는 마이테가 오는 날이다. 아내는 마이테가 좋아하는 먹을거리를 장만하느라 정신이 없다. 그래도 신이 나는 모양이다. 발걸음마다 콧노래가 붙어있다. 나도 아내처럼 겉으로 드러낼 수는 없지만 사실 그 이상으로 즐겁다. 이미, 나도 늙었다는 뜻일 것이다. 아니, 오랜 이민생활 속에서 몸에 밴 저 밑바닥에서부터 덜어주는, 아니, 나의 유전자가 내장된 피붙이에 대한 본능적 사랑 때문인지도 모른다.

호숫가 사돈네 별장

　지난 여름에는 사돈인 '카를로스'의 별장으로 초대를 받아 10일 간의 휴가를 다녀왔다. 마른 풀포기가 뿌리 채 뽑혀 날아갈 것만 같은 거친 들판의 라 팜파주 고속도로 Camino del Desierto(사막의 길이라는 뜻), 사과재배의 고장 리오네그로 주, 돌과 모래인 민둥산에서 석유펌프가 멈추지 않는 네우켄주의 쿨트라 코 시, 사팔라 시를 두루 거쳐 가는 길이다. 오로지 앞만 바라보면서 20여 시간 이상 운전을 하다 보면 정말이지 처량해 질 수밖에 없는 1500여 Km의 페우엔니아 마을에 있는 사돈의 별장은, '페우엔' 나무숲으로 에워 쌓인 호수가 내려다보이는 숲속의 작은 마을 가운데에 있었다.

　바위틈이나 모래바닥에서도 꼿꼿하게 자라는 소나무 과의 페우엔은, 해발 1500m가 넘는 고지대에서만 100년 장수하는 나무라고 한다. 건조한 땅에서 마르지 않고 사철 푸르게 자라는 페우엔 나무를 기이하게 여긴 스페인 군주에 의해 페우에니아로 소재지 이름이 지어졌다 하며, 지역의 풍광을 보호하기 위해 가지를 꺾거나 베는 행위를 금지한다 한다. 그래서인지 이 지역에서는 하늘을 찌를 듯한, 아름드리 페우엔 나무숲을 흔하게 볼 수 있었다. 심지어는 자기 집 울안에서 자라는 나무라 해도 마음대로 파낼 수 없는 페우엔 나무는 암수가 있다고 하는데, 아담하고 마디게 자라는 암 페우엔은 30~40년생이라야 씨앗을 품은 송이가 달리며, 가뭄을 대비해 스폰지와 같은 속살에 많은 물을 저장해 둔다고 한다.

옆집 앞집이 없이 나무숲에 가려있는 하늘색, 남색, 용마루가 없는 가파른 함석지붕으로 된 목재건물이 인상적이다. 페우에니아 주인 격인 카시케(마푸체 인디오의 추장)의 동의를 얻어야만 시청 허가를 받아 이 지역에 집을 지을 수 있으며, 늦가을 서리가 내린 후에나 떨어지는 도토리만한 페우엔 씨앗은, 염소와 양을 치는 마푸체 인디오 유목민들의 겨울양식으로 거둬들인다고 한다.

멀리 보이는 설산(雪山)에서 눈 녹은 물이 흘러내려 고인 호수들이, 골짜기마다 신기루처럼 떠있다. 염소와 양떼를 풀어놓은 돌무덤인 높고 낮은 협곡은 몇 만 광년을 자연 그대로 감춰둔 느낌이 들기도 한다. 민원실과 지구대, 은행, 생활필수품상과 음식점이 있긴 해도, 돈을 벌기 위해 부산스럽게 손님을 부르지는 않는다. 호숫가나 전망이 좋은 절벽 위의 호사스런 집들이 장관을 이루며, 피서객들은 고루한 일상의 나른함을 여기에서 풀어 놓는다. 잘 만큼 자고, 가고 싶은 곳으로 구경 다니고, 배고프면 먹을 것 준비해서 식구가 둘러앉아 웃고 떠들며 먹고 마신다. 해가 지면 Moquehue 산등성이에서 싸늘하게 불어오던 바람도 잠이 드는, 이곳에서는 다툼이나 시기질투할 일이 없을 것만 같은 평화

롭고 아늑한 곳이었다.

휘 후이, 휘파람 새 소리에 잠에서 깨어 아침을 맞는다. 창문을 열면 한약제에서 나옴직한 향긋한 냄새가 진동한다. 밤이슬을 맞고 촉촉해진 페우엔 나무에서 품어내는 그으한 향기는, 해돋이 이전에만 느낄 수가 있었다. 호수를 가르는 하얀 돛을 단 작은 배가 눈길을 끈다. 바람이 불어주는 데로, 유유히 흘러가는 저 배를 부리는 사람은 부지런한 선비임이 틀림없겠지! 생각을 놓아버린 산장의 아침, 솜뭉치같이 탐스러운 흰 구름은 바라볼수록 유정하다. 카시케 롱꼬후안, 킬카산과 협곡을 흐르는 킬카강, 과자파 강, 코파우에 마푸체족 인디오 토속어인 이정표가 생소하게 눈에 든다. 멘도사 주 아콩카와에서 이어지는 안데스산맥에는, 볼만한 호수와 첩첩산중 자연산림을 보호하는 국립공원이 여러 곳 있다고 한다.

새로운 곳으로 장소를 옮겨가며 돌아본 중에 바테아 마위다(BATEA MAHUIDA) 화산 분화구를 다녀온 일이 특별히 기억에 남는다. 산비탈 흙먼지길 사파리여행 삼일 째 되는 날이었다. 가파른 등선을 오르는 도중 미끄러지거나 자칫 재주를 넘어 구를 염려가 있는 일반 승용차는 해발 4000미터 이전에 주차를 시켜두고, 사위 아리엘의 렌드로바 사파리 지프차에 동승했다. 바테아 마위다 정상에 올라서니 파타고니아 절경이 한눈에 들어온다. 봉우리에 하얗게 쌓인 만년설이 병풍처럼 눈앞에 다가오고, 골짜기의 초록빛 호수, 물이 고여 있는 분화구가 구름 사이로 까맣게 내려다보인다. 콘돌(동물의 썩은 고기를 먹으며 80여 년 장수하는 목이 흰 검은 독수리)의 해발 8000미터 고공비행 쇼 역시 좋은 구경거리가 되어 주었다.

흔히, 사돈댁은 멀리 떨어져있어야 탈이 없다고 말들을 하지만, 특별히 선약을 해둔 일이 없는 한, 주말에 와인 한 잔을 나누는 현지인 사돈인 카를로스는, 휴가 때마다 자신의 별장으로 우리를 초대를 한다.

의외로 거들어야 할 일이 많았던 편의점을 정리한 후여서 우리 부부에겐 더없이 좋은 기회였다. 호수가 내려다보이는 한적한 마을의 사돈네 별장에서 보낸 10일간의 이번 여행은, 생각을 하며 사는 동안, 오래도록 기억에 남을 좋은 추억을 담아온 특별휴가였던 것이다.

과시욕은 청산되어야 한다

아르헨티나의 북쪽 미시온 주에서 출생을 한 오라시오는, 집수리 관계로 알게 된 해안도시 MAR DEL PLATA에 거주하는 ALBANIL(석공)이다. 성장한 아들의 도움으로 낡은 집수리 일을 하는 오라시오지만, 공사가 끝나기를 기다려 마무리작업으로 깨끗이 집안 청소를 해주며 남편을 돕는 알뜰한 아내를 둔 소탈하고 평범한 중산층 가장이다. 어느 날 자신이 행한 일을 대수롭지 않게 여기며 들려준 그의 말을 듣게 되며 삶에 대한 적지 않은 심경 변화를 일으키게 했다.

오라시오 가족은 휴가철이면 고향인 아르헨티나의 명소 이과수 폭포가 있는 미시온 주로 피서를 떠나는데, 가족들은 하루 전 남이 눈치 채지 않게 필요한 옷가지를 챙겨 짐칸에 실어 두며, 다음 날 동이 트기 전 차를 꺼내 집에서 멀리 떨어진 곳까지 밀고 나와 엔진시동을 걸고 대로에 진입을 한다고 한다.

오래 집이 비어있는 줄 도둑이 알게 되면 어둠을 틈타 문을 따고 침입을 할 수도 있다는 불안한 생각과, 생활이 넉넉하지 못한 이웃에게 오라시오는 미안한 생각이 들어 이와 같은 방법을 생각하게 되었다고 한다. 치안부재로 인한 두려움도 두려움이지만, 남의 가난을 개의치 않는 요즘에 보기 드문 인도주의에 뿌리를 둔 따듯한 마음가짐이라는 생각이 든다. 예로부터 흉년이 들면 민심이 흉흉해 도둑이 극성을 부린다고 했다. 관가에서는 남의 물건을 훔친 도둑의 죄가 크지만, 가난을 홀대하고 탐심을 불어넣은 주인의 과시욕에도 도의적인 책임을 지웠다고 한다.

아르헨티나 경제사정이 불안해지면 총을 든 강도 피해 뉴스를 자주 듣게 된다. 이럴 때면 셋방 입장인 이민자는 불이익을 당하지나 않을까 공연히 불안하다. 교민 안전 대책 대사관 단체장 회의에서도 표적을 한인교포에게 두고 있다면서 각별한 단속을 염려하며 당부했다. 노상강도나 침입강도들의 강탈 대상이 한인에게만 집중한 건 아니라고 생각한다. 우범지역은 중심가든 변두리 지역이든 어느 곳에나 속출하고 있다. 회의 중에 체구 적은 동양인으로서 지나치게 과시하는 행동은 강도들에게 빌미를 제공하는 표적이 될 수 있다는 말을 하고 싶었지만, 남의 의지를 침해하는 것 같고 용기가 없어 많은 의견을 경청하면서 운을 떼지 못했었다.

이웃의 행함을 보고 배워야 된다는 나의 생각이 옳다는 말은 아니지만 '과시욕은 어디에서 오나' 차분히 생각해 봐야 될 것 같다. 지나친 사치나 허영이 아닌 걸맞는 남의 누림에 흠을 잡아 말을 해서는 안 되겠지만, 그러나 지난 가난에 대한 속풀이나 한풀이

과시욕이라 보는 이웃으로 하여금 미움을 사게 된다. 가령, 지난 가난에서 탈피한 부적절한 언행과 과시욕은 아르헨티나 국민들에게 눈살을 찌푸리게 할 수도 있고, 부러움 존경심에 앞서 경계와 시기의 눈총을 받을 수 있다. 한인을 무시한다는 교포의 생각은 은연중 내비친 과시욕으로 인한 따돌림이 아니었을까 싶기도 하다.

아르헨티나에서는 오랜만에 만나는 반가움의 정표로 서로 감싸 안으며 볼을 맞대 인사를 하고 등을 두드리며 반긴다. 호의적인 표시는 어른아이, 대통령, 스승과 제자 직위 상하를 막론하고 격이 없이 가슴을 밀착시키는 인사를 한다. 전통적인 이런 인사는 길에서 낯선 사람을 만나면 나는 당신을 해칠 무기가 없고, 적의가 없음을 증명하는 악수에 비해 훨씬 친근감을 느끼게 한다. 그럼에도 불구하고, 한인교포는 아직까지 서로 가슴을 밀착시키는 인사에 익숙지 못하다. 생각보다 청하기 어려운 아르헨티나 풍습으로서 인사라지만 눈 마주치기마저도 꺼려하는 보수적인 1세대 한인이다. 문지방이 없어야 이웃과의 부담 없는 소통이 이뤄지며 호감을 얻을 텐데, 한인교포는 언어와 문화 차이로 현지인 생각과 습성을 너그럽게 받아들이지 못한다.

아르헨티나에서 괄목할 만한 사회적 발전을 이룬 한인들의 투지와 저력은 실로 자랑할 만한 일이다. 그러나 의식 없는 나 한 사람으로 인해, 자칫 우리의 2세에게 불이익을 당하는 지나친 과시욕은 삼가야 할 일임엔 틀림이 없다고 생각한다.

동일한 작업장에서 지켜본 친숙한 현지인이 보다 못해 안타까

위하며 동정하는 말이 있다. 한인이민역사 반세기가 지났는데
아직도 울타리를 걷지 못하고 고집을 쓰나(COMUNIDAD COREANOS
MUY CERADO Y FILMAMENTE EGOISMO). 이웃과 어울리지 못하는 한인
이라는 이유만으로 흠잡아 단정을 한, 단순한 충고가 아님을 우
리는 기억해야 할 것이다.

꿈이 있다면 좋은 것

-이 글은 친분 있는 선교사님으로부터 LA PLATA시 P, D, N 어린이집 불우한 아이들을 위해 강의를 해달라는 부탁을 받고 2014년 8월 9일에 한 강의 내용입니다.

여러분, 안녕하세요! 나를 믿어주시고, 반갑게 맞아주심을 고맙게 생각합니다. 내 이름은 최태진이라고 합니다. 여러분이 좀 더 편하게 부를 수 있는 아르헨티나 이름은 에두아르도입니다. 오늘 2014년 8월 9일은 내게 아주 중요한 날입니다. 왜냐하면, 여러분과 함께 하는 시간은 기쁘고 즐거운 일이니까요. 나는 스페인어를 유창하게 하지 못합니다. 어쩌면 단어를 틀리게 말할 수도 있습니다. 바라기는 여러분이 내가 들려주는 메시지를 조금이나마 이해하고, 앞으로 여러분의 생활에 도움이 되고, 유익한 길잡이가 되어주길 바라는 마음뿐입니다.

오늘은 내가 걸어온, 외롭고 힘들었던 어린 시절과 소년시절과 청년시절을 말하고 싶어요. 그렇지만 기억에 떠오르지 않고, 정확한 단어가 딸려 조금은 아쉽습니다. 한 가지 내 기억에 지울 수 없는 어렸을 적 이야기를 여러분에게 하겠습니다.

어린아이가 한 살이 되면 엄마와 아빠를 알아봅니다. 그런데

내 경우는 달랐습니다. 거의 두 돌이 되었을 때에도 엄마와 아빠를 볼 수 없었습니다. 밖에서 아이들과 뛰어 놀다 때가 되어 밥을 먹고 잠을 자는 곳은 고모님 댁이었으니까요. 함께 생활을 하는 가족은 고모님과 고모부 그리고 고종형이 셋 나를 합치면 여섯 식구였습니다.

제일 어린 고종형은 나보다 다섯 살이나 위였습니다. 심심하면 나를 밀치고 꼬집으면서 귀찮게 했습니다. 그러나 나는 울지 않았습니다. 아무도 나를 달래며 위로해 줄 사람이 없다는 걸 알았으니까요. 초등학교에서 공부할 나이를 넘긴 9살 생일이 가까워 올 때였습니다. 고모님은 어머니가 계신 허름한 판자촌으로 나를 데리고 가셨습니다. 거기서 처음 나를 낳으신 어머니를 만났습니다. 사실 그때까지 나는 엄마가 계신 줄도 모르고 있었습니다. 아무도 엄마에 대한 이야기를 하지 않았으니까요. 그곳에 아버지는 보이지 않았습니다. 아버지는 전쟁 당시 돌아가셨다고, 어머니께서 말씀하셨습니다. 그렇지만 눈물이 나거나 슬픈 생각이 전혀 들지를 않았습니다. 그러니까, 나는 평생을 아버지 없이, 아버지를 모르고 성장하여 어른이 되었습니다.

1952년 우리나라는 처절한 전쟁을 치렀습니다. 피를 나눈 동족 끼리 총을 겨누고 쏘았습니다. 친척을 향해 총을 쏘았습니다. 북한 공산주의와 남한의 민주주의 전쟁은 많은 가정을 파괴하고, 나의 유년과 소년과 청년을 빼앗아 가고, 배고픔과 슬픔, 외로움을 남겼습니다. 길거리에는 거지아이들, 고아들이 많았지요. 나 역시 예외가 될 순 없었습니다. 그러니까, 고아처럼 외로움을 견디며 자랄 수밖에 없었습니다. 그럴 때는 어떻게 해야 합니까? 무엇을 어떻게 해야 합니까? 공부도 하고 싶고, 배우고 싶고, 부모님 사랑을 받고 자라는 이웃 아이들처럼 행복하게 살기를 바라는 마음인데요. 여러분! 이런 상황일 때 어떻게 해야 된다고 생각하십니까? 정답이 있습니다. 이에 정답은 노력입니다. 노력 없이는 아무것도 얻을 수 없습니다. 노력이란 단어를 믿고 기억하세요.

어느 작은 책에서 많은 감동을 받았던 '노력' 이라는 이 말에 걸맞는 예 하나를 들겠습니다. 잘 듣고 기억하시기 바랍니다. 책을 쓴 사람은 한국의 대 기업가입니다. 책을 내신 사장님의 어린 시절은 다리 밑에서 생활을 하는 배고프고 집이 없는 거지아이였습니다. 껌팔이 신문 배달원, 구두닦이를 하고, 해가 지면 다리 밑에서 촛불을 켜고 책을 읽고, 하루의 일과 그날의 생각을 공책에 기록을 하였답니다. 별로 이익이 없는 껌팔이와 구두닦이를 하지만 투정이나 불만을 토로하지 않았고, 늘 밝은 웃음을 지으며 희망을 버리지 않고 더욱 열심히 일했답니다. 그는 사업가로 성공을 할 수 있었던, 노력으로 성공을 한 자부심과 과거 자신의 처지에 놓인 어린이, 젊은이들에게 용기와 희망을 북돋워 주기 위해 어렸을 적에 쓴 일기와 짧은 글들을 엮어 책을 출간했습니다. 그 책 이름이 무엇인지 아십니까? 책의 이름은 '거지아이의 충고'입니다. 짤막한 충고의 글들이 모두 몇인지 아십니까? 더도 말고 적게도 말고 388가지 충고의 말이 기록된 책입니다. 388가지 말 중에 감동을 받고 맘에 드는 다섯 가지 짧은 단어의 글을 적어왔습니다. 여러분과 뜻을 깊이 생각하며 함께 배우는 시간이 되었으면 좋겠습니다.

첫 번째 들려주고 싶을 말은 '함께'입니다. 함께 웃어주는 여유가 함께 즐거워할 수 있는 친구를 만든다. 함께 웃어줄 수 있는 애정이 함께 고난을 헤쳐 나갈 수 있는 동지를 만든다. 외로운 사람들의 마음에 와 닿는 정말 좋은 말이지요?

두 번째 들려주고 싶은 말은 '귀 기울이기'입니다. 남의 말에 귀를 기울여라. 그 말이 너에게 기분이 나쁘든 좋든 상관없이 너의 삶을 윤택하게 하는 지혜가 될 것이다. 일상생활에서 늘 말을 하게 되고 남의 말을 듣게 됩니다. 남이 말을 할 때는 그 말을 관심 있게 듣고 스스로 판단을 잘 해야겠지요.

다음 세 번째 메모는 '얼굴과 마음'입니다. 얼굴을 알고 지내는 사람은 얼마든지 많으나, 마음을 알고 지내는 사람은 얼마 되지 않는다. 내 얼굴을 아는 백 사람을 사귈 바에야, 내 마음을 이해해 주는 한 명의 친구를 사귀라고 합니다. 하루 종일 바쁘게 움직이는 동안 많은 사람과 만나게 됩니다. 한 사람과 자주 스치게 되면 그 사람과 친하게 됩니다. 그러나 그 사람 마음은 알 수 없습니다. 거짓 없이 속마음을 이야기 하는 친구를 만나고, 서로의 어려움을 이야기 하게 되면 크게 위로를 받을 수 있다고 하는 말이 되겠습니다.

다음 네 번째의 중요한 메모는 '직접 뛰어가라'입니다. 누가 불러주길 기다리지 마라. 위인은 널 불러주지 않는다. 네 발로 직접 뛰어가는 노력 없이는 그 어느 누구도 만날 수 없다고 하였습니다. 내가 모르고 있고, 알고자 하는 일이 있을 때에는 나의 궁금증을 대답해 줄 사람을 만나야겠지요? 머리에 떠오르는 그런 분을 기다리지 말고 찾아가는 수고를 아끼지 말라는 이야기입니다.

나의 판단으로 중요하다고 여긴 마지막 메시지 메모는 '고난의 극복'입니다. 고난으로부터 가장 쉽고 빨리 벗어나는 방법은 피해가는 방법이 아니라 뚫고 가는 것입니다. 내가 어렸을 적에는 여러분과 다름없이 외롭게 성장했습니다. 굶주림도 견뎌야 했습니다. 부끄럽도록 마구 눈물이 흐르기도 했습니다. 그렇다고 가만히 앉아서 기다릴 수 없었습니다. 모두가 어려운 처지인데 앉아서 도움을 바랄 수만은 없었지요. 마음을 굳게 하고 힘든 일도 참고 견뎠습니다.

친구들이여! 부탁이 있습니다. 오늘 전하는 다섯 가지의 메시지를 잊지 말고 기억하시기 바랍니다. 이어서 나에 대한 이야기로 예를 들어보겠습니다. 나에겐 행복한 가정이 있습니다. 다가오는 8월에 대학신학과 졸업을 하게 되는 아들은 선한 생명의 전도자입니다. 딸은 유아 심장외과 의사이며, 구티에르레스 시립병원 위급환자 병실 팀장으로 근무합니다. 나는 문학을 하는 사람이며, 수필가입니다. 지난 2010년 5월 서울의 동방문학으로부터 수필부문 신인상을 받았습니다. 감히, 예상을 못했던, 어깨가 우쫄해지는 문학상이었습니다. 그렇지만 나는 만족할 수 없습니다. 더 나은 글을 쓰기 위해 오늘도, 또 내일도 변함없이 글을 쓸 것입니다. 왠지 아십니까? 글을 쓰면서 얻어지는 기쁨은 힘든 일도 긍정적으로 받아들여지며 마음이 편안해집니다. 나는 밭에 나가 농사일을 할 줄 압니다. 고장이 난 자동차도 고칠 줄 압니다. 그림을 그리고 글을 씁니다. 남들은 내가 12가지 재주를 가지고 있다고 말을 합니다. 나는 12가지 재주를 배우는 동안 사회생활에 도움이 되는 48가지를 깨닫고 알게 되었습니다. 한 가지를 배워 익히면서 두 가지를 더 생각했습니다.

어린이 여러분! 아르헨티나는 자원이 풍부하고 매우 아름다운 곳이 많이 있습니다. 꿈이 있다는 것은 행복입니다. 노력을 하면 배우고 공부할 수 있는 기회가 주어집니다. 배우며 공부할 수 있는 길을 찾아보세요. 우리 모두에게는 든든한 기본인 지혜가 있습니다. 책을 읽기 바랍니다. 일기를 쓰세요. 오늘 이 자리에 모인 여러분도 문학인이 될 수 있습니다. 문학을 공부하면 마음이 편안하고 남의 부러움과 존경을 받게 됩니다. 책을 읽고 글을 쓰는 동안 얼마나 의욕이 솟는지 아십니까? 얼마만큼의 걱정을 잊게 하는지 아십니까? 글을 쓰는 동안은 괴로움도 사라지고 자신과 흐뭇한 생각을 하게 됩니다. 돈, 많은 일에 절대 필요한 것입니다. 그러기 때문에 세상 사람들이 돈을 중요하게 여기며 부자는 행복하다고 생각을 합니다. 그렇지만 지식 또한 이에 못지않다고 생각합니다. 지식이 있는 사람은 존경심을 스스로 나타내게 합니다. 사람마다 다르게 생각을 하겠지만, 나는 돈의 가치보다는 남을 배려하는 정직한 사람을 존경합니다.

옛 현자의 말을 소개하겠습니다. '양심을 돈과 바꿀 수 없다', '성공은 99% 노력이다. 1%정도는 지혜로움일 수도 있고 행운으로 얻은 성공이다' 많은 어린이들이 스스로를 불행하다고 생각을 해요. 여기 모인 여러분은 그렇게 생각하지 말아요. 나보다 더 배고프고 슬픔에 처한 불쌍한 어린이가 주위에 얼마든지 있다고 생각을 해야 돼요.

여러분! 배움을 포기하지 말고 열심을 다하세요. 두려운 생각을 버리세요. 왠지 아세요? 어려움에 처한 어린이를 도우시는 좋은 분들이 여러분 곁에 계시니까요. 마음이 곧으면 불행은 멀어집니다. 여러분은 훌륭한 사람이 될 수 있습니다. 용기 잃지 말고 마음 괴로울 때 글을 쓰세요. 어린이 여러분, 꿈을 버리지 마세요. 부탁입니다.

이제 여러분과 헤어져야 할 아쉬운 시간입니다. 나는 오늘 여러분과 함께 있게 됨을 영광스럽게 생각합니다. 나와 여러분이 만난 인연을 오래 기억하겠습니다. 고맙습니다.

루가노 구와 109촌 한인타운

아르헨티나 수도 부에노스아이레스 남부 LUGANO구 GOLF CLUB JOSE JURADO(일명 줌보) 골프 그룹은 109한인타운에서 10분 거리로, 150여 명 넘는 교포가 회원가입을 하고 골프운동을 즐기는 곳이기도 하다. 현지인과의 접촉이 빈번하여 오해의 소지가 유발될 수 있는 곳이기도 하지만, 이질적인 문화생활에 익숙해진 교포들은 현지 골퍼들과도 원활한 공동체를 이루고 있다. 이곳 줌보 골프장을 가기 위해 A V ESCALADA 양차선 언덕길을 올라서면 한 점 그리움을 불러주는 PARQUE CIUDAD(시민공원) 놀이공원에 우뚝 서있는 탑이 보인다. 남산 서울타워에 비교도 안 되는 건축물이지만 묘하게 마음을 끌어당겨, 어느새 눈길은 그곳 놀이공원 중앙탑에 가 있다.

고향 친구의 소개로 아내를 만나고 주말이 오기만을 기다릴 때였다. 만날 약속장소는 늘 남산 어린이회관 옆 건물 커피숍이었으며, 커피를 마시고 나면 낮은 소나무와 산죽나무 사이로 촘촘히 놓인 돌계단을 거닐며 사랑의 언약을 맺었었다. 두려움으로

승강기에 오르기를 꺼려하는 아내의 등을 떠밀며 짓궂게 굴던 추억의 남산 산책길, 나를 이해해 주는 한 사람의 여성을 만나서 세상이 새롭게 보이고 아름답기만 했던 연애시절은 어느새 40번의 봄을 넘어 보낸 옛 얘기가 되었지만, 정답던 시절 따끈한 커피 한 잔의 달콤했던 추억을 떠올리며 아내 손을 꼬옥 잡는다.

운동이 보약을 대신할 수 있다는 생각에 줌보 골프그룹에 회원 가입을 했다. 골프장에서 많은 시간을 보낼 수 있게 되니 해마다 열리는 루가노 구 아파트 단지 창립기념 골프시합에 참여할 수 있는 기회를 얻어낼 수 있었다. 내세울 실력은 못 되지만 이변은 일어나는 법, 스위스의 루가노市를 관광할 수 있는 우승 왕복 항공권을 손에 넣기 위해 시합 내내 부끄러움을 잊고 경기에 집착했다.

모든 경기가 종료된 행사장엔 루가노 구청장, 스위스 대사와 공관 직원이 참석한 걸로 보아 루가노 구 주민들의 중요한 행사임을 짐작할 수 있었다. 순서에 따라 CAROLA DEL PONTES 스위스 대사의 축사를 듣는 시간이었다.

"행사를 성공적으로 치를 수 있도록 협조해 주신 모든 분들께 감사를 드립니다. 루가노 구는 1번 구역과 2번 구역으로 나뉘어져 있습니다. 3번은 스위스에 있는 루가노 관광도시가 될 수 있겠습니다. 아르헨티나 루가노 구와 스위스 루가노 市와의 유대관계는 더욱 활발히 유지될 것이며, 루가노 구 창립기념 골프시합은 해마다 거르지 않고 치를 예정입니다."

카롤라 델 폰테 스위스 대사의 축사에 집중하며 행사장 분위기는 절정에 이른다. 오래 전 스페인에서 이민을 와 정착을 한 현지인 친구 LUIS의 말에 의하면, 이 구역 주민들은 100년 전에 스위스 루가노 市 이민자에 의해 처음 교류를 맺게 되었고, 지금 자리에 루가노 이름으로 아파트 단지를 건설하게 되었다고 한다. 스위스의 루가노 市를 소개하는 작은 책자에 의하면, 중세에는 가축을 기르는 농부의 마을이었으며, 1960년대 이후 유명 관광지로 각광을 받게 된 상주인구 60,000명, 수리치에서 200Km, 이태리 밀란 시에서 80Km 거리의 운치 있는 부레 산과 산살바토래 산림으로 둘러싸인 호수의 절경이 호사스럽다며, 도시를 떠난 한적한 장소를 찾는 이에게는 최상의 관광지임을 자부한다.

영세민 아파트단지로 치부해왔던 루가노 구, 스위스 건축구조로 세워지고 습기가 차지 않는다는 Y자형 건물은 그날 이후로 새로운 모습으로 내게 다가온다. 골프장 건너편 트랙을 질주하는 경주용 자동차의 팡팡거림은 루가노 시민들의 자존심이었으며, 한편으로는 루가노 구를 일궈놓은 이민자 스위스 국민의 자부심이었지만, 이민자 입장으로 한인 공동체를 돌아보지 않을 수 없다. 아르헨티나의 수도 부에노스아이레스 영세민을 위해 건설한, 지금은 우범지역으로 변모한 아파트와 무허가 벽돌집이 운집해 있는 RETIRO, CIUDADELA, SOLDATI, BAJO FULORES 위험하고 살기 어려운 빈민가 지역에 흩어져 생활할 수밖에 없었던 고달픈 한인이민자들이었다. 좌절과 시련이라는 강을 건너, 조국의 자존심과 자라나는 후세들을 위해 땀 흘러 일궈놓은 '109촌' 한인타운은 예전 109번 시내버스 종점이었었다. 지금은 109번 버스

종점은 안전지역으로 옮겨가고 없지만 한인마을은 건재하다. 우범지역이라고 해서 행인의 발걸음마저 뜸했던 바호 풀로레스 지역 109는 한국학교, 학원, 민요 아리랑을 밖에서도 들어볼 수 있는 한인마을로 바뀌었다. 불과 30여 해 전, 물김치를 담그기 위해 LABANITA(셀러드용 밤톨 크기의 빨간 무)를 구입하기 위해 루가노 구줌보 슈퍼마켓으로 무거운 발걸음을 옮기던 30대 초반의 부인들, 지금은 아르헨티나 국민 특유의 언어방식(CHAMUYO)으로 말을 하며, 탱고 춤 전형동작을 배워 몸에 익혀 익숙하게 보란 듯이 탱고 리듬에 따라 예술의 춤 실력을 발휘한다. 한인타운 109의 업주 모두는 타민족에 비해 현지 노동법을 잘 따르는 근면 검소한 민족임을 대변한다. 그러기에, 까라보보 길 중앙분리대 늠름한 참나무 숲 109촌 한인타운은 이방시름을 감내해 줄 고향같이 느껴진다.

제 III 부

마이산 돌탑

  부끄러운 이야기가 될지 모르지만 어느 책에서 본 적이 있는 마이산은 중국의 험준한 하나의 산일 것으로 여겼었다. 전라북도 진안군 마령면의 마이산은 드높은 두 봉우리가 말머리에 쫑긋하게 서있는 귀를 닮았다 하여 마이(馬耳) 산(山)으로 불리게 되었다고 한다. 협곡에 끼어 있는 듯한 금당사 건물도 기이하지만, 잔 돌을 수집해와 하나하나 균형을 잡아 뾰족하게 탑을 쌓아 올리는 과정을 상상하면, 사람의 가능성은 도대체 어디까지일까 감흥이설을 생각하게 한다.

  영국의 물리학자이며 수학자인 아이작 뉴턴은 사과가 땅으로 떨어지는 신기함을 발견하고, 연구 끝에 만류인력의 중력이 있음을 알게 되었다고 한다. 알베르트 아인슈타인은 화학 원소의 특성을 이용해 원자폭탄을 만들고, 미국은 사람을 태운 로켓 우주선을 만들어 달 탐사에 성공했다. 이런 과학적인 가능성이 아니더라도 무한도전을 꿈꾸는 인간의 집념과 가능성에 대해 놀라지 않을 수 없다.

1885년경 25세의 이용갑이란 사람은 수도하기 위해 마이산에 이주를 하게 되었고, 30여 년에 걸쳐 108개의 석탑을 혼자 축조했으나 지금은 80여 개가 남아 있다고 한 마이산 전설이 흥미롭다. 수 마이봉, 암 마이봉으로 불리는 두 바위 봉우리는 흙이 없는 콘크리트 지질이었으며, 용암동문 암벽 사이를 들어서면 기암괴석이 난립한 절경이 가관이었다. 신의 계시를 받았다고 하는 젊은 이용갑은 솔잎을 따서 생식하며, 낮으로는 돌을 나르고 밤에는 만불탑을 쌓으며 98세에 세상을 떠나기까지 정성과 기도로 살았다고 한다. 마이산은 거리도 거리이지만 마음먹고 찾아가야 할 역사 설명이 있는 여행지였다. 금당사 앞쪽에는 작은 돌탑이 무수하게 서있고 뒤편으로는 각기 다양한 석상들이 놓여있다. 제일 꼭대기 최고봉 돌탑을 천지 탑이라고 하는데, 여기까지 올라오면 저절로 잎이 딱 벌어지고 만다. 탑 앞에서 소원을 빌며 합장한 중년 여성의 정결한 모습이 진솔하다.

　이용갑 처사가 98세에 이르도록 이런 많은 돌탑을 어떻게 쌓아 올렸을까 하는 놀라움 외에도 믿기지 않는 전설 한 가지가 더 있다. 겨울에 고드름이 거꾸로 언다고 하는데, 가파른 계곡 사이를 타고 치밀어 오는 혹한의 바람에 의한 현상이라고 하니 이 또한 기이한 자연의 예술품이라 하겠다. 좁은 돌계단을 따라 올라갈수록 점점 입이 크게 벌어진다. 이렇게 가쁜 숨을 몰아 쉬며 올라가 높은 곳에서 바라보는 산세의 느낌이야말로 적절히 표현할 말문이 터지지 않는다. 자연이 만든 걸작이 마이산이라면, 흔들릴지언정 폭우와 태풍에도 무너지지 않는 이용갑 처사가 쌓아 올린 돌탑은 인간이 만든 걸작품이라고 해도 과언이 아니리라.

금당사 방향으로 가파른 돌계단을 따라 올라가다 보면 섬진강 발원지 용궁이라고 쓰인 팻말을 세워 놓은 우물을 보게 된다. 그곳에서 조그만 바가지를 이용해 솟는 생수로 갈증을 해소할 수 있다. 시야에 보이지는 않는, 마을을 휘어감아 유유히 흐르는 섬진강이 가까운 거리에 있을 것이라는 짐작을 하게 된다.

사람이 각자 주어진 달란트를 발휘하여 사회가 형성되듯이, 모양이 다른 돌 하나하나가 틈에 끼어 버팀 역할로 예술품을 만들어 놓았다. 한 쌍의 젊은 커플이 탑에 기대어 사진을 찍는다. 돌탑에 기대서지 말라는 팻말을 보아서일까, 행복해 보인다거나 아름다워 보이는 건 더더욱 아니었다.

마이산을 찾아오는 관광객을 맞이하기 위해 조성한 입구의 그윽한 전경이 눈에 들게 아름답다. 돌탑 구경도 볼만한 구경거리지만, 4월 중순경이면 장관을 이루는 벚꽃 터널의 상춘을 즐기려는 사람들로 인산인해를 이룬다고 한다. 기회가 주어진다면 다시 찾고 싶은 절경을 뒤로하고 일행과 함께 아쉬운 발걸음을 돌려야 했다.

1억년 전에 형성되었다는 마이산, 이용갑 처사가 쌓은 돌탑 80기는 마음먹고 찾아가야 할 정도의 먼 거리이며, 신비스런 돌탑을 마주하며 터진 탄성의 여운은 좀처럼 기억에서 지워지지 않는 추억이다.

문학의 샘터 옥산서원

옥산서원을 가기에 앞서 방문한 양동마을은 산업화 개발에 묶여있어서 많은 인원이 밥을 먹을 만한 식당이 없었다. 간혹 음식점 간판이 보이긴 해도 한옥을 개조해 만든 협소한 토속 음식점과, 날이 저물어 발이 묶인 행인을 위한 민박집이 몇 채 있을 뿐이었다. 이를 대비해 한국 펜클럽 주최 측에서는 안강읍에 있는 넓은 식당에 미리 음식주문을 예약해 두었고, 우리 일행은 안강읍 내에 있는 식당 이층 큰 홀에 둘러앉아 점심을 먹게 되었다. 이날 메뉴는 내 기억으론 희미하게 잊혀져가는 농번기 고유음식인 밀 막걸리와 메기 매운탕이었다. 바닥이 나무인 홀 안에 방석을 깔고 양반자세로 앉는 게 얼마나 불편하던지, 민망할 정도로 몸을 꼬아가며 푸짐한 채소반찬을 겸한 메기 매운탕과 밀 막걸리로 깜짝 포식을 했다.

땅이 넓어지지도 않았고 그렇게 될 수도 없겠지만, 작은 동산 어느 한구석 헐벗은 산이 없이 푸른 산림과, 아직은 철 이른 논골 벼 이삭이 격에 맞게 조화를 이룬다. 이를테면 경주 전역이 정돈

된 볼거리 역사 유적지로 지정되었다는 느낌이 들 정도로 새롭게 변한 모습이었다. 영남학파의 선구자 '문원공'(文元公) 이언적을 모시기 위해 지은 '옥산서원'으로 가는 30여분 동안의 버스 안 분위기가 기억에 남는다. 김경식 한국본부 국제펜클럽 사무총장이 무선마이크를 잡았고, 참가작가 각자의 소감을 밝히는 즉흥 발제 퍼레이드인 것이었다. 유익하고 뜻 깊은 행사였다. 한글문학을 꽃피운 행사였다. 잠시 후면 헤어지게 된다는 게 아쉬웠다. 많은 것을 배우고 깨달았기에 감사해야 할 일이다. 한 발짝 맞춰본 적은 없지만 시, 수필, 소설, 뮤직, 명작의 한글노래, 한글문학의 합주곡이었다.

옥산서원은 마을에서 멀리 떨어진 산언덕에 자리를 잡은, 숲 속 계곡의 작은 돌에서 튕기는 물방울 장단과 새들의 협연으로 보기 드물게 한적하고 운치가 있는 곳이었다. 서원 마당에 다다르자 마침 견학을 온 학생들이 그룹을 지어 나오고 있었고, 우리 일행은 김경식 사무총장의 안내를 받으며 두툼한 통나무 대문 안으로 들어섰다. 양동마을 무첨당 건물구조와 분위기가 그렇듯이, 1573년 증축을 한 옥산서원은 네 개의 육중한 댓돌 계단을 올라서야 통풍이 잘 되는 대청마루에 이른다.

행사 안내를 도맡아 한 김 사무총장의 설명에 의하면, 조선시대 한양의 시험관이 알아볼 정도로 옥산서원 문하생들은 문장과 글씨체가 뛰어났다고 한다. 일제강점기에는 많은 학자와 선비들이 이곳에 와서 나라 일을 걱정하였으며, 남의 눈을 피해 양반집 문중 자손에 한해서만 글공부를 허용했다고 한다. 서원 주위에는 방이 여럿 딸린 건물이 있었으며, 밤이 되면 문학도들의 글 읽는 소리가 깊은 밤 어둠을 타고 멀리 아랫마을에까지 들렸다고 한다. 옥산서원은 한석봉, 김정희, 이산해 등 대명의 친필현판을 보유하고 있는, 한국 성리학의 중심 유적지였다.

여러 가지 자료를 통해서 임의로 생각하고 말하는 것과, 실제로 현장에 가서 보는 것은 엄연히 다르다. 보기 전과 보고 난 후의 상식은 이번 행사를 통해 머릿속에 각인된, 물론 내 생각은 지식의 일부에 지나지 않겠지만 한글과 한글문학의 세계화의 만남이었다. 나는 작은 투자를 하고 엄청난 배움과 깨달음을 얻은 유익한 시간이었으며, 선비는 자기개발을 하고, 백성을 개발하기 위해 학문을 연구한 학자들의 세계를 엿보는 문학탐방이었던 것이다. 세계한글작가대회 현지 문학기행 마지막 방문지인 옥산서원은 선비의 독특한 운치가 흐르고, 은반에 옥이 구르는 문하생 글 읽는 소리 들려오는, 자연에서 신선한 문학이 샘솟는 서당임을 느낄 수 있었다.

분단의 아픔

밝고 영롱한 영산봉 낯익은 보름달을 바라본다. 설빔으로 손수 지으신 두툼한 솜바지저고리 덧버선 입혀주시며, 이제 발은 얼지 않겠다고 흐뭇해하시던 어머니 얼굴이, 빛바랜 흑백 사진이 되어 내 머리를 스쳐간다. 꽁꽁 얼어붙은 논바닥에서 얼음지치기, 썰매타기, 팽이치기를 하며 함께 뛰어놀던 사내아이들 모습이 이어서 등장을 한다. 저녁이 되면 마을 청년들 틈에 끼어, 구멍이 숭숭 난 깡통에 광 솔불을 담아 휘두르며 정월대보름 불꽃놀이를 했지. 싸늘한 달빛에 몸은 움츠러들어 부자연스럽지만, 횃불을 들고 넓은 벌판을 뛰어 다니면 벌써 몸은 후끈 달아오른다. 매번 큰 원을 만들어 보이는 눈이 둥그런 이장집 막내아들을 몹시 부러워했었던 기억이 난다.

능금꽃 사과의 고장, 대구는 내가 머슴살이(기계공) 일을 하며, 개나리꽃을 피우던 좋은 시절을 고스란히 보낸 곳이다. 가까운 친척이 한 자리에 모여 차례를 지내는 구정이면 15일 휴가를 얻어 고향방문을 하게 되는데, 이때야말로 홀가분한 마음으로 여행을 떠날 수 있는 머슴들의 특별휴식이었다. 빈 좌석이 하나도 없는 밤 11시 20분 대구발 서울행 완행열차 2등석에서, 선 채로 잠을 자야 하는 피곤이 겹치지만, 그리움을 가득 채운 귀성열차의 객실은 마냥 홍겹기만 하다. 얼마를 달려왔을까, 부우웅… 천안역 플랫폼 정차를 알리는 낮은 기적이, 마음 설레는 그리움을 가늠이라도 하는 양 침울하게 어둠으로 까라진다.

"천안에 명물 호도과자 와쓰미아.", "따끈따끈한 찐빵이요."

고향집에 가져갈 호도과자 한 봉지를 사서 들며 흐뭇했던 기억, 조용한 아침, 미루나무 높은 가지 위에서 까치가 짖으며 손님을 반기는 고향을 생각하니, 콧날이 찡해온다.

아르헨티나에서 친척 못지않게 도타운 우정을 맺은 포목상 파고다 H회장님은, 열네 살 되던 해에 고향을 두고 1.4 후퇴를 하신 분이다. 안전할 것으로 생각을 하고 인적이 뜸한 강원도 작은 마을을 경유해 월남을 하게 되었는데, 깊은 산골까지도 이미 이북 공산당원 손이 뻗어있어 어린아이와 노인들에게만 안전한 곳이었다.

3남 1녀 중 맏이인 16살 누님 숨길 곳을 찾아보았으나 마땅한 곳이 없었다. 3형제의 지혜로 마구간 바닥에 구덩이를 파서 그곳에 누님을 숨게 하고, 풀덤불을 덮어 공산당원 눈을 피해 위기를 넘길 수 있었다고 한다. 마음을 졸였던 당시의 정황을, 지금까지 잊지 않고 기억하시는 H회장님. 휴전협정이 맺어지던 1953년 십대 나이면 누구나 다 일찍이 철이 들어, 1원 수입이 되는 일이라면 껌팔이 구두닦이를 해서라도 저축을 했다. 온 가족이 열심을 다해 인천시내 상가지역에서 남 부럽지 않은 사업을 불릴 수 있었지만, 한편 불안하고 허전한 마음공간을 메우기에는 흡족하지 못했다. 남쪽에는 대처가 있다고 하여, 천혜의 파타고니아(안데스 산맥을 접하고 있는 지역) 아르헨티나로 이주해 아르헨티나 정부지원 빈민촌에 정착을 할 수 있었고, 그곳에서 조그만 야채가게를 시작으로 어렵게 돈을 모아 방직공장을 설립, 사업과 삶에 열정을 아르헨티나에 쏟아 부으셨다.

지난번 송년회 회의장에서 H회장님 상기되었던 얼굴이 마음을 무겁게 한다.

"두만강~ 푸른 물에 노 젖는 뱃~ 사공" 감정을 억제하며 부르는 노래에 음정박자가 맞을 리가 없다. 60년 분단, 60년 이산가족 신세가 된 통한의 외침이었다.

현지인인 사돈 카를로스는 내게, 툭 이런 질문을 던진다.

"남한에서, 민주주의 국가에서 북한 김정일을 나쁘게 말하는데, 김정일 죽음을 슬퍼하며 통곡하는 북한사람들의 뉴스가 시간마다 나오니 이해를 할 수가 없다."

통 믿겨지지 않는다는 얘기다.

"아, 그건 쇼다. 북한은 최고지도자의 생각과 말은 법이다. 비판을 할 수 없고, 불만을 말 하면 감옥에 쳐 넣는 공산국가의 현실을 보여준 거다."

카를로스에게는 내 대답이 궁색하게 들렸을지도 모르는 일이다.

까맣게 어둠으로 짙은 북녘하늘에 보름달이 환히 비춘다. 한반도에 긴장이 풀린다. 희끗희끗 눈이 내리는 돌담장을 돌아가며 징, 꽹가리, 쿵쿵 쿵덕 쿵 풍각쟁이 신바람 나는 정월대보름 복들이 농악에 으쓱으쓱, 마을사람들 어깨춤이 절로 난다. 현지인 이웃에게, 사돈 카를로스 보기에 부끄러울 일도 없어졌다. 어서 통일이 되어, 북녘하늘을 바라봅시다. 이내 고개를 떨구시던 칠순 H회장님 생전에, 자유롭게 고향 방문하시는 그날이 속히 왔으면 하는 바람이다.

신 경주의 아침

　사단법인 국제펜클럽한국본부 주간 제1회 세계한글작가대회 초청을 받고서부터 적지 않은 마음 부담을 느꼈다. 경험 없는 국제행사인데다, 도약하는 한국의 실정에 미숙하고 길눈이 어둔 필자에겐 그게 그렇게 부담이 될 수밖에 없었다. 걱정을 덜어 줄 유일한 방법은, 행사당일 서울역대합실에서 신 경주 세계한글작가대회에 오는 문인 200여 명이 모여 오게 되니, 출발 30분 전 서울역으로 오라는 주최 측 편의제공이었다. 예전 같으면 7시간 이상 소요될 경주까지 2시간, 이렇게 빠른 세상을 만났구나, 눈이 휘둥그레질 지경이었다. 일행들을 따라 호텔 숙소 체크인을 하고, 마치 신병훈련소 훈련병 일지와도 같은 빽빽하게 준비된 행사에 참여했다.

　오후 6시 오프닝 공연으로 시작한 경주화백컨벤션센터 개회식에는 이상문(사단법인 국제PEN한국분부 이사장) 대회장의 개회사에 이어 황우여 사회부총리 환영사, 김관용 경북도지사와 최양식 경주시장 축사, 문정희, 정현종, 김광규 축시낭송, 이어서 명예대회장

문효치 한국문인협회 이사장 인사, 뮤지컬공연, 김후란 세계한글대회 대회장 건배사로 환영만찬이 시작되는 행사 첫날을 보냈다.

깔끔하게 정돈된 문화관광도시 신 경주의 초가을은 구름 한 점 없는 파란 하늘이었고, 낮 기온이 섭씨 27~29도, 들판의 곡식이 여물고, 오곡백과가 무르익어 가는, 아직 햇볕 따가운 맑은 날씨였다. 대학교수와 학자들의 발표문은 매우 긍정적으로 받아들이는, 소중하고 유익한 문학적 가치를 부여하는 내용들이었다.

정확하게 12시간 앞서가는 한국의 한낮이면 비몽사몽 숙면에 빠져들기도 했지만, 문학적 가치를 부여하는 대학교수와 학자들의 학술내용을 들으며, 백열등처럼 눈이 밝아지고 이내 졸음을 쫓아내 탈 없이 잘 견딜 수 있었다. 특별강연 초청인사 프랑스인 르 클레지오 2008년 노벨 문학상 수상자의 '언어들의 소리'를 비롯해 '모국어와 문학, 한글과 문학' '훈민정음=한글의 탄생과 발전을 언어의 원리에서 보다' 등 신선한 발제 내용이 많이 있었지만 생략을 할 수밖에 없어 아쉽다. 아니, 내 능력으로는 다 옮길 수가 없다고 밝혀야 될 것 같다.

이번 신 경주 세계한글작가대회에서, 모름지기 나는 아르헨티나의 한인문인협회 스무 해가 넘는 활동상황을 부끄럽지 않게 대변을 하고, 많은 학자 문인으로부터 격려인사를 받고 돌아왔다. 행사기간 중에도 같은 생각을 늘 하고 있었지만, 후원을 해주신 교포지인과 문인협회 회원께 내가 받은 격려와 위상을 나누고 돌려드리고 싶다.

신 경주의 청아한 아침은 지금까지도 문득문득 생각이 난다. 나무 사이를 스치는 소슬바람소리에 깊은 잠이 들고, 창밖에 찾아온 새들의 맑은 울음소리를 들으며 아침잠이 깬다. 새 울음소리에 잠에서 깨는 날이면 하루의 시작은 상쾌하다. 4일째 되는 행사 마지막 날은 이른 아침부터 부슬부슬 가랑비가 내렸다. 고국 방문 일주일이 되었는데도 시차가 바뀌지 않아 새벽에 잠이 깨곤 했다. 창문 커튼을 젖히고 숲 속 산책길 아름다운 바깥 풍광의 아름다움에 이내 빠져들었다. 솔잎 줄기를 타고 흘러 떨어지는 수정알 같은 물방울이 오묘하게 느껴지는 건 처음이었다. 깍깍, 깍깍, 40여 해 만에 들어보는 반가운 까치의 인사, 까치가족이 이쪽에서 저쪽 솔숲 사이로 하얀 날개를 펴고 날아간다. 저만치 보문호수에 떠있는 한 쌍의 백조는, 시기와 질투가 없는 평화의 상징처럼 여유롭다. 보문관광단지 주변의 수려한 자연환경과 더불어 봄에는 벚꽃이 만개해 영화 속 한 장면 같은 로맨틱한 분위기라고 하는데, 상상만으로 만족해야 했다.

이번에 새롭게 알게 된 통일신라시대 별궁 안의 흥미 있는 이야기를 소개해야겠다. 14면으로 된 주사위는 안압지에서 출토된 유물가운데 제일 오래된 '주령구'라는 목제품이다. 14면으로 이루어진 목제 주령구는 잔치 때 흥을 돋우는 놀이기구로, 이것을 굴려 나타나는 면에 씌어진 내용에 따라 벌칙을 정했다고 한다. 벌칙으로는 술 석 잔 한 번에 마시기, 술 마시다 크게 웃기, 스스로 노래 부르다 스스로 술 마시기 등이 있단다. 요순시대 조화풍월에 아마 술은 빠지지 않나 보다. 짐짓, 요즘에도 그때처럼 풍류를 누리는 세월이 다시 오면 좋겠다는 생각이 든다. 세계문화유산 양동마을의 무첨당, 그리고 옥산서원 기행문을 써야겠는데, 일단, 숙제로 남긴다.

양동마을 세계문화유산의 의미

신 경주 세계한글작가대회 마지막 날인 금요일은 참가문인들을 위해 마련한 현지 문학기행이 준비되어 있었다. 지방에서 온 문인들과 그리고 해외문인을 합친 160여 명은 45인승 버스 4대로 나눠서 두 대는 한국수력원자력 월성 탐방, 다른 버스 두 대는 양동마을과 옥산서원을 가기로 예정이 되어 있었고, 해외에서 온 작가들 대부분 유네스코 세계문화유산으로 등재된 양동마을 방문을 선호했다.

옥산서원을 가기 전 경주 손 씨 큰 종가이며, 양민공(襄敏公) 손소의 아들 손중돈 선생과 외손인 이언적 선생이 태어난 서백당(書百堂), 중종 때 청백리로 알려진 우재(愚齋) 손중돈의 옛집 관가정(觀稼亭), 병자호란 때 나라 위해 목숨 바친 손종로의 혼을 기리는 정충비각(旌忠碑閣), 마을에 들어서면 제일 먼저 눈에 띄는 향단(香壇), 여강 이씨 문중 인재양성을 위한 강학당(講學堂) 서당 등 주요 문화재가 보존돼 있는 양동마을 여강 이씨 종가제청인 무첨당(無忝堂)을 방문했다.

"반갑습니다. 환영합니다."

이번 한글작가대회에도 참석을 했던 안주인 심순임 시인과 회재의 17대 이지락 종손의 안내를 받으며 일행들은 대청마루에 앉아서 유네스코 세계문화유산으로 제정 등재된 역사 유래를 경청할 수 있었다. 역사 유래를 경청했다고 인용했으나 선인들의 자연을 섬기는 지혜와 참 의를 설파한 문학강론이었다. 이씨조선 중종~명종(1510년)경 지었다는 가정집 건물로는 굉장히 화려한 전형적인 한옥은, 문신 회재 이언적 선생의 맏손자 이의윤 공의 아호인 무첨(無忝)을 인용했다고 한다.

시경 소완의 시 숙흥야매(夙興夜寐)하야 무첨(無忝)이 소생, 아침에 일찍 일어나고 밤늦게 잠들어서 너를 이 세상에 태어나게 해주신 분들을 고맙게 생각하고 더럽히지 마라는 뜻이라며, 현 사회에 좁아지고 잊히어 가는 자연에 비유, 자연을 더럽히지 말라는 가르침으로도 받아들인다고 했다. 부모 이름을 더럽히지 마라. 네 이름을 더럽히지 마라. 너의 조국을 더럽히지 마라. 조국의 문화와 역사에 욕되게 하지 마라 등등.

세계문화유산으로 등재된 후로는 자주 외국 손님이 찾아오는데 예외 없이 질문을 받는다고 한다.

"보기엔 조그만 시골 마을의 허름한 집에 불과한데, 유네스코 지정 문화유산 가치가 있다니 통 이해가 가지 않는다."

그러면 이지락 종손은 애써 위업을 보이며 힘주어 대답을 한다고 한다.

"당신들이 함부로 보고 말할 수 있는 문화가 아니다."

"곳곳에 산업화로 자연이 훼손돼도 양동마을은 변화된 게 없다."

"세계 어디에도 한 집에서 500년 이상 떠나지 않고 자손대대로 대를 이어오는 기록을 들어본 일이 있나."

"이 집은 물론 마을 전체가 500여 해 훼손된 곳이 없이 보존돼 있다."

"더구나 우리는 아직까지 주인의식을 가지고 '무첨당'을 지키고 있다."

이렇게 대답을 하면, 그때서야 표정이 바뀌며 유심히 관심을 기울여 살펴본다고 한다.

양동마을에선 돌담이나 높은 울타리를 볼 수 없다. 간혹, 담을 친 집이 있다 해도, 찾아오는 손님이 밖에서 집안의 동정을 살펴볼 수 있게끔 낮거나 대문이 열려 있다.

세계문화유산의 의미는 세계의 보편적 질서를 만드는데 중요한 역할을 할 수 있다는데 의미가 있다고 한다. 주인의식을 갖고 사람이 살고 있다는 걸 세계 사람들이 인정을 해서 지정된 문화유산이며, 유네스코에 정식 등재되는 것이다.

단체방문 시 강의실인 대청마루 우측에는 '무첨당(無忝堂)' 현판이 걸려있었고, 맞은편에는 '윤리로 돌아가서 무엇을 할 것인가, 선비 도현명의 귀거래사에 끊임없는 자기인격 완성을 추구하는 선비의 삶의 자세, 자기고민을 나타낸 문학작품 좌해금서(左海琴書), 좌해(서울에서 좌해는 영남지방이라고 한다) 양동마을에 가서 친척의 정다운 이야기에 기뻐하고, 줄 없는 거문고와 책을 가까이 하면서 선비의 시험을 즐기노라.' 라는 대형현판이 걸려있다. 줄 없는 거문고, 형체 없는 거문고의 진리는 자연을 시로 나타낸 표현이라고 한다. 선비가 자기개발을 하고 백성의 개발을 생각하는 것. 산업화 사회에서 개발이 묶여있는 곳 세계문화유산 양동마을. 양동은 기가 막힌 자연의 음악을 느끼는데 중요한 역할을 하는 곳이었다.

파월장병 만섭이

-주인공 김만섭(가명)은 유년시절을 함께 보낸 친구였으며, 실화임을 밝힌다.

상우와 만섭이는 맑은 산수가 흐르는 산동네에서, 유년시절을 함께 보낸 동갑내기 친구였다. 노란 버섯초가집, 열 두어 채 조그마한 마을 할머니 할아버지들이, 만섭아, 만섭아 부르시어 만섭이가 된 김만섭은, 서울 명문대를 졸업하신 큰형님이 계시고, 작은형은 농사일을 도우며 어머니를 모시는, 이웃마을에서도 잘 알고 있는 착한 학생이었다. 나이를 넘기지 않고 입학을 한 만섭이는, 한 학년 아래인 상우 앞에서 어깨를 추켜세우는 통에, 함께 물놀이를 하는 상우의 기가 종종 꺾이곤 했지만, 하루에도 몇 차례씩 또르르 돌다리를 건너 다니는, 정다운 동네 개구쟁이들이었었다.

농촌 젊은이들이 연고 없이 대도시로 떠나는 통에, 무작정 상경이라는 수식어가 유행할 때였다. 17세 꿈이 많은 상우는, 친척 중 정비업을 하는 이웃 아주머니의 소개를 받아 설움 많은 대구생활을 하게 된다. 어언 4년이 흐른, 소매깃에 송곳 바람이 파고드는 추운 겨울, 한낮, 일을 하고 있는 상우의 직장으로 불쑥 만섭이가 찾아왔다. 군복을 입은 고향친구를 만나는 반가움에 둘은 부둥켜안으며 어쩔 줄을 모른다.

"네가 보고 싶어 찾아왔어야, 상우하고 밤새워 술 마시고 취하고 싶어서…."

상우는 어렸을 적에 바지를 내리고 함께 오줌을 누던 고향친구 만섭이 생각에 동의하며, 그 동안 배우지 못한 술이지만, 주법도 익힐 겸 조용하고 아늑한 왕대포집을 찾아갔다. 주거니 받거니 연거푸 잔을 채워 마셔대는 술잔에는, 잊고 있던 고향의 그림자가 스쳐 지나간다.

"친구야, 나 죽으러 간다. 내일 12시까지 부산항에 도착해야 돼."

"○○부대 월남 전투병으로 내일 떠나."

"나, 김만섭이는 죽으러 가는 거야."

"월남 파병이라고 해서 무조건 죽거나 다치는 건 아니잖아. 두려운 생각이 들면, 큰형님께 손 좀 써달라 하지 그랬어. 엄마한테 어떻게 안심을 시켜드렸어? 어머님이 걱정을 많이 하고 계시겠구나."

"큰형은 내가 월남 파병으로 뽑힌 게 자랑스럽대…."

"조금 전에 한 말은, 어릴 적 상우하고 전쟁놀이 하던 생각이 나서 우스갯소리를 해 본거였어."

"민주주의를 위해 싸우는 전쟁이잖아, 총알이 피~융 머리위로 지나가는 정글에서 싸워보고 싶었는 걸."

그날 저녁, 통행금지에 쫓겨 비좁은 공장숙소로 돌아온 상우와 만섭이는, 신발끈을 마저 풀지도 못하고 쓰러져 잠이 들었다.

어느새 다가온 8월 한가위를 맞아 상우는 태어나서 자란 고향을 가게 되었다. 상우는 만섭이 어머님께 인사를 드릴 생각을 하며, 맑은 물이 흐르는 돌다리를 건너 만섭이네 집 앞에 이르렀다. 문 앞 계단 아래서 서성이던 우편 배달부는, 때마침 다가선 상우를 보더니 반색을 하며 불쑥 봉투 하나를 건네준다.

"이분을 알고 계시지요?"

겉봉에 쓰인 만섭이의 작은형 이름을 보고는, 의심의 여지없이 대문 안을 들어가서, 어머니께 인사를 드리고 우체부에게 받아온 편지를 건네 드렸다.

"상우야, 어서 오너라. 객지에서 고생이 많지?"

"어머니, 편히 지내셨어요?"

"나는 괜찮다. 만섭이 걱정만 아니라면…."

만섭이에게서 온 편지겠지? 좀 의아한 표정을 지으시며 편지봉투를 열어 내용을 읽어 보시던 어머니는, 아이고, 이게 어찌 된 일이냐! 탄식하며 풀썩 쓰러지신다.

"그게 어떤 자식인데, 아이고, 이 일을 어쩌면 좋아, 아이고…."

엉겁결에 받아 들은, 우체부마저도 직접 전해주기 곤욕스러웠던 친구 만섭이의 사망통지서였던 것이다.

상우는 고희를 넘기신 어머니 손을 잡고 슬픔을 함께하지만, 애통해하시는 만섭이 어머니의 위안은 될 수 없었다. 차라리 어머니 곁을 피하고 싶었다.

"어머니, 제가 잠시 작은형을 찾아볼게요."

만섭이는 불길한 생각을 하면서도 가족 앞에 숨기며, 내키지 않는 동행을 한 거였다. 상우를 만나기 위해 먼 길 대구까지 와 주었던 만섭이 음성을 듣는다.

"친구야, 나 죽으러 가는 거야."

며칠을 착잡해진 마음으로 보낸 상우는, 직장으로 귀속하기 전 어머님께 인사를 드려야 했다.

"상우야, 이리 앉거라. 전쟁 때였어, 비 오듯 쏟아지는 총알을 피하기 위해, 나는 만섭이 바로 위인 딸아이를 업고, 애들 아버지는 만섭이를 등에 업고 마을 뒤편 애기바위를 향해서 사력을 다해 뛰어갔지. 한참을 정신없이 뛰어가는데, 만섭이 아버지가 내 앞으로 쓰러지셨어. 등에 업힌 만섭이는 울고 있고, 만섭이 아버지는 기척이 없으신 거야. 내 등에 업혀있던 딸아이는 그때 벌써 몸이 싸늘히 식어있었어. 죽은 딸아이를 내려놓고, 얼른 아버지 등에서 울고 있는 만섭이를 들쳐 업고 사력을 다해 뛰어가 바위 밑에 몸을 숨겼지. 저의 형들이 만섭이를 나무라거나 야단을 친 일이 이제까지 한 번도 없었어. 그렇게 기른 자식인데… 억장이 무너지는구나…."

누가 이처럼 어머니 마음을 슬프게 하는 것인가. 상우의 양 볼에는 주르르 눈물이 흐른다.

"네가 대구로 떠난 뒤로 만섭이 성격이 이상해 졌어. 해병 훈련을 받고 휴가를 받아 와서는, 동네 어른께도 반항을 하고, 어느 날은 술에 취해, 동네 앞을 지나는 이웃마을 주민을 붙잡고 시비를 걸어 싸움을 했지. 그 일로 지 형들에게 꾸중을 듣곤 했었지. 그 때 야단을 치던 생각을 하며, 저의 형들이 괴로워할 거야."

후~우~이, 쑥 고개에서 부는 늦은 가을 싸늘한 바람이, 문풍지를 두드리며 깊이 슬퍼한다.

상우는 대구 직장으로 돌아와서도 전쟁, 친구인 만섭이, 전쟁에 자식을 잃은 어머니 생각이 온통 머리에서 떠나지를 않는다.

고궁 돌담장 위에 하얀 눈송이가 수북이 쌓이고, 동산동 상가는 어느새 다가온 설빔을 준비하느라 인산인해를 이룬다. 이른 아침 서울역에 닿는 0시 20분 대구발 열차시간은, 고향을 그리는 상우의 마음을 부풀게 하는 추억의 완행열차 시간표였다. 철렁철렁, 어둠을 달리는 차창 밖에는, 외딴집 처마에 달아놓은 등 불빛이 번쩍거리며 빠르게 상우의 눈앞을 지나친다. 화약 불이 퉁겨 솟는 격전지에서 들려오는, 부상을 당한 장병들의 신음 소리에, 만섭이 생각에 편히 눈을 감을 수가 없다고 하시며, 잡은 손을 풀지 못 하시고 눈물을 흘리시던 처연한 만섭이 어머니의 모습이 떠올라 상우는 조용히 눈을 감는다.

6.25 한국전쟁에 남편과 딸을 잃고, 세 아들 잘 되기만을 바라시며 이웃나들이마저 싫다 하시던 어머니, 장정이 된 자식들이 대견해서, 10리길 5일장을 단숨에 다녀오시던 어머니, 말년에는 월남전쟁에 잃은 막내아들 비석의 차가운 냉기를 품에 안으시고, 만섭아! 만섭아! 목이 메이신 어머니, 전쟁을 원망하시며, 감당할 수 없는 슬픔에 잠기신 만섭이 어머님을 생각할 때마다, 내 가슴이 조여온다.

아름다운 여인 '강영애'와
그녀의 남편 '그라소'와의 사랑

　내가 문교부에서 받은 아이들의 입학허가서를 내놓자 이제 입학허가를 거절할 수 없게 된 여교장은 못마땅한 얼굴을 드러냈다. 나는 이를 아랑곳하지 않고 입학을 허락해 주어 대단히 고맙다고 인사를 했다.

　"무차스 그라시아스(대단히 고맙습니다)."

　킬메스 공립 중학에 아이들을 입학시키고, 그 동네에 자리 잡으니, 이웃 아르헨티나인들이, 나에게 동양인 이웃이 없어 외롭겠다며 무척 안타까워했다. 그러던 중 가까이 사는 건축기사 프론티와 음식을 나눠먹을 정도로 가까워지게 되었는데 그가 나에게 놀라운 말을 꺼냈다.

　"나에게 치노 중학 동창 하나가 있는데 엄마가 꼬레아나(한국여성)이라더라."

　"농담이지?"

　"아니, 사기지?"

"만나게 해 줄 수 있어?"

"그럼, 당장."

이름은 '마리오(Mario)'요, 성은 '그라소(Grasso)'라 했다. 그리하여, 나는 그를 소개받았다. 홀쩍 키가 크고 턱이 동그란 얼굴로 피부가 황갈색인, 분명 동양인의 피가 섞인 남자였다.

"프론티가 그러는데 당신 어머니가 한국 여인이라며?"

"그렇다."

"오늘 저녁 우리 집으로 당신 부모를 식사 초대하고 싶다."

해서, 그날 저녁 소개자 프론티 가족, 해안 도시에서 복덕방 한다는 '마리오'의 친구 '루벤', 그리고 마리오의 가족을 포함하여 이십여 명이 우리 집으로 모였다.

첫눈에도 '강영애' 씨는 분명, 편안한 한국여인상이었다. 그러나 남편 '그라소' 씨는 불편한 거동을 애써 감추려 들었다. 그날 아내가 솜씨껏 장만한 한국 전통음식을 들며, 강영애씨는 밤새도록 지난 세월의 사연을 실타래 풀 듯 풀어냈고, 그 후 자주 만나게 되었는데 그녀는 한마디씩 한국말을 꺼내곤 했다. 한국 언니에게 편지를 쓰고 싶다며 대필을 해달라고 해, 써서 보냈더니 답장이 왔다. 언니는 세계전쟁 통에 죽은 줄 알았던 동생 편지를 받고 꿈만 같다며, 비행기 표를 보낼 테니 고국을 다녀가라 했다. 그러나 불행스럽게도 몸이 성치 않은 남편을 두고 갔다 올 수 없다며 아쉬운 눈물을 마냥 흘렸다.

부모를 따라 중국 상해에서 살 때 그녀는 중학교를 다녔다. 그때 상해 주재 이태리 영사관에 근무하는 직원의 아들인, 같은 반에서 공부했던 '그라소' 씨와 연애 끝에 결혼하게 되었다고 한다.

"최 선생, 이 세상에는 마리아(강영애 씨의 세례명)보다 더 아름다운 여인은 없습니다."

"내가 강영애와 결혼하겠다고 우기니까, 11일간이나 구류를 시켰지만 절대 나는 포기하지 않았습니다." 라고 그라소 씨가 내게 말했다.

이태리에서는 부모가 반대하고, 다른 종교인과 결혼하겠다면 구류를 살아야 한다고 했다. 사랑하는 강영애 씨와 결혼한 죄(?)로 그라소 씨는 부모 품을 떠나 스페인과 프랑스를 옮겨 다니며, 아이를 낳고, 어려운 생활을 하다 수입이 좋다는 외항선을 탔다는 것이다.

강영애 씨는 눈물을 감추며 말했다.

"스페인과 프랑스에서 살 때는 참으로 외롭고 힘들어서 울기도 많이 울었어요."

한 번은 그라소 씨가 탄 외항선이 부산항에 입항, 아내 마리아의 조국땅을 밟아야겠다고 생각했으나 그만 하선을 못하고 출항, 오늘까지 죄스러움을 잊지 못한다고 했다. 그러나 배가 아르헨티나의 부에노스아이레스 항에 입항, 정박하게 돼 시내를 돌아본 후, 우리 가족이 뿌리 내려 살 곳이 여기로구나 생각하고, 2년 후, 그러니까 1950년 가족을 불러 정착해 오늘에 이르렀다는 것이다.

그라소 씨가 직장 동료들에게 곧 올 아내가 동양 여자라니까 모두 농담하지 말라고 하다가, 드디어 배에서 어린 아이 둘을 데리고 내리는 동양 여성을 보더니, "아, 정말 중국 여자네." 신기해하며 놀라더라고 했다. 가끔 그라소 씨 댁에 방문하면 차를 내오는 아내 강영애 씨를 지긋한 눈으로 쳐다보며, "오, 사랑스런 내 아내 마리아." 라며, 그는 마치 시를 읊조리듯 흐뭇해 했다. 그런데 그 라소 씨가 세상을 뜨자 사랑하던 남편을 따라 지구 끝까지 동행 했던 아내 강영애 씨도 몇 개월 후 저세상으로 따라가듯 가버렸 다. 강영애 씨가 세상을 뜨기 전, 내가 그녀의 아들 '마리오' 에게 어머니 안부를 묻자, 폐암이라고 했다. 그러나 자신의 어머니는 병명을 모르고 있다고 말한다. 그 후, 내가 그녀의 병문안을 갔을 때에, 그녀는 "좀 피곤해서 기운이 딸려요."하며, 차를 손수 끓이 려고 일어날 때에 뒤뚱거렸다. 그리고는 "내가 게을러져서 집안 에 먼지가 많다오." 하며, "언니가 보고 싶다" 는 말도 했다.

그러나 그녀의 꿈은 실현되지 않았다. 이것이 그녀와 나와의 마지막 만남이었고 대화였다.

나는 그라소 강영애 노부부의 만남을 통해서 남편의 지극한 아 내 사랑과 아내의 지극한 남편 사랑을 느꼈고, 말로 다할 수 없는, 어려웠던 시대의 아픈 사연을 온전히 체감할 수는 없었지만 막연 하게나마 상상할 수는 있었다. 아름다운 노부부는 이제 사라졌지 만 그들이 남긴 사랑은 내게 긴 여운으로 남아있다.

어머니가 셋인 나의 행복

　조용히 하룻밤을 보내고 싶어 나는 밤낚시 도구를 챙겨 차코무스 호수로 향한다. 혼자 있고 싶을 때에는 곧잘 밤에 이 호수를 찾아오곤 했었다. 이곳에서는 물고기의 입질을 느끼는 재미보다 신비롭게 흐르는 밤의 분위기를 만끽하는 재미가 더 크다. 고요한 호수의 수면을 스쳐가는 밤바람이 내 얼굴을 부드러운 손으로 어루만지고 지나간다. 그런가 하면, 찌찌르르 찌찌 쌔으쌔으, 풀벌레들의 합창과 더불어서 밤하늘에서는 금방이라도 별들이 온통 쏟아져 내릴 것만 같다. 이럴 때마다 순풍에 깃털을 타고 날아다니는 듯한 나의 사색은, 자유롭게 떠다니는 호수의 돛단배가 되기도 한다. 자정이 가까워 오자 푹신한 잔디가 차가워지며 풀벌레 소리도 뚝 그친다. 그 흔한 귀뚜라미 울음도 그친 고요한 밤이 나의 친구처럼 곁에 있다.

　한 어린아이가 낡은 판잣집에 잔뜩 움츠린 채 앉아있는 모습이 내 눈에 자꾸 어른거린다. 끝도 없이 밀려왔다 밀려가는 파도 같은 삶의 굴곡들이 지나고 나면 추억이 된다지만, 나는 굶주림 속에서 보낸 옛 시절을 떠올리며, 지금 호숫가에 낚시를 드리우고 앉아 있는 것이다. 이런 나의 밤낚시는 물고기를 잡는 게 아니라 자신의 추억을 낚아 올리는 일이라고 말하는 편이 더 옳을 듯하다.

지구 반대편에 있는 아르헨티나에 살고 있는 나의 집에 오셔서 말년을 자식 며느리 효도를 듬뿍 받으신 어머니는, 장충 체육관 합동결혼식에 참석하지 못한 채 하늘나라로 가셨지. 나는 여덟 살 되도록 고모님 도움을 받았었고, 고종 사촌들에게는 미운 오리새끼였었지. 주위에서 내가 고아라고 놀림 당할 적에, 낳으신 생모는 남의 품에 젖먹이를 안겨놓고 흘린 눈물이 한강을 이루었다 했다. 전쟁 통에 백부와 아버지를 잃자 우리 집은 어른이 없는 집안이 되었고, 큰어머니는 장손인 나를 품에 안고 생활이 넉넉한 고모님 댁을 찾아 가셨단다. 큰어머니가 지병을 앓으시다 돌아가시고 나자, 그 뒤 나는 고모님 보호를 받으며 성장하게 되었지. 돌아가실 때는 나를 두고, 가장 소중한 아들이라고 말씀하신 큰 어머니가 새삼 사무치도록 그립다. 당신이 낳은 핏덩이를, 큰 어머니 앞으로 양자 입적시킨, 기구한 삶을 사신 생모(生母)를 생각하면 나도 모르게 눈물이 난다.

장성해서 객지 생활할 적에는 외로움을 달래주고 보듬어준 수양어머니도 한 분 계셨다. 또 다른 따뜻한 어머니 사랑을 받아 누렸던 좋은 시절이었다고 생각한다. 더운 지방인 대구는, 그 해 겨울은 손끝이 시리다 못해 떨어져나갈 만큼 몹시 추웠다. 앞산 양지쪽에도, 밭고랑에도, 온통 새하얀 눈이 덮여있는 정월, 자주 들러 밥 사먹던 식당주인 아주머니의 온정은 바로 내 어머니 모습이었다.

"어머니로 모셔도 괜찮겠습니까? 흔히 타관에서 맺어지는 그런 관계가 아닌, 진정한 어머니와 자식 관계로 말입니다." 라는 나의 제안을 흔쾌히 허락해준 수양어머니와, 그녀 가족의 배려가 눈물겹게 고마웠지. 틈만 나면 나는 수양어머니 곁에 있고 싶었다. 온 가족이 떠나는 주말여행은 물론, 경사스런 날에도 참석해 함께 웃고, 거리낌 없이 떠들 수 있도록 해 주었다. 오빠, 오빠, 하고 따르던 막내 숙지, 두 살 아래 옥지, 그리고 예지 누나 이렇게 포근한 수양어머니 가족사랑은, 내가 일터를 옮기느라 대구를 떠나게 된 바람에 갚을 수 없는 빚이 돼 버렸다.

어느 아버지를 생각하며 나를 뒤돌아보다

남미의 휴가철인 1월과 2월은 연예인 쇼와 음악공연이 많아 아르헨티나 인기 연예인의 계절이어서 TV와 라디오, 신문, 연예인 잡지는 크고 작은 피서지에서 일어나는 흥미로운 뉴스경쟁을 하게 된다. 지난 2월 두 번째 주에는 신문, 라디오, 텔레비전 방송에서 '나쁜 아빠 공개 망신'이 화제가 되었었다. 내용은 이러하다.

아르헨티나의 록 밴드 '디비디도스'는 예정대로 부에노스아이레스 주 북부 링컨이라는 작은 도시에서 콘서트를 가졌다. 모처럼 찾아온 유명 록 밴드 공연을 놓칠 수 없다는 생각에 한 젊은 아빠는 어린 딸애를 데리고 공연장을 가기로 했다. 그러나 공연장에 도착을 했을 때 딸아이는 그만 깊은 잠이 들어있었다. 콘서트를 보고 싶은 생각에 아빠는 어린 딸을 차 안에 눕혀두고 공연장엘 들어가 열광하느라 다른 생각은 염두에 두질 못했다.

그런데 콘서트가 한창이던 중간에 안전 담당 직원으로부터 주차장 차 안에 갇혀 우는 어린 여자아이가 발견됐다는 소식을 전해 듣고 밴드는 즉시 쇼를 멈췄다. 밴드의 리더이자 유명 여배우의 남편인 '모죠'는 구출된 여자아이를 품에 안고 무대 위에서 아이의 아빠를 호출했다. 모죠는 "어서 와, 미친 녀석, 딸을 데리러 오라고." 무정하고 무책임한 아빠를 공개적으로 불렀다. 관객들 역시 "나쁜 아빠", "미친 놈" 함께 소리쳤다. 결국, 여자아이의 아빠는 창피함을 무릅쓰고 무대 위에 올라가서 딸을 받아 안고 고개를 숙인 채 사라졌다. 아이에게 무사히 아빠를 찾아 준 모죠는 "우선순위가 따로 있다." 며 쇼를 멈춘 것에 대한 양해를 구했고, 밴드의 신사적인 행동에 관객들로부터 열렬한 찬사를 받았다고 한다.

신문기사를 보면서 가족과 함께 국제여행을 다니는 동안 배낭 속에 꼼꼼히 적어 간직해 두었던 주옥 같은 글을 엮어 『미친가족 집 팔고 지구 밖으로』 여행기를 펴낸, 어린 자식을 위해 값진 것을 포기한 교포 이○○ 씨를 생각하게 되었다.

필자 덩헌 씨는 다른 젊은이와 마찬가지로 서울의 직장부부였다. 아침에 눈뜨자마자 어린 아들을 어린이 집에 맡기고 회사출근을 한다. 해가 진 저녁이 돼서야 아이는 엄마 손에 인도되어 집에 와서 혼자 잠이 들고, 직장에서 돌아온 아빠는 잠자는 아이 얼굴 한번 들여다 봐 주는 게 전부였다. 다음날 이른 아침, 아버지는 시계가 가리키는 숫자에 쫓겨 서둘러 출근을 한다. 주말이면 "아빠" 부르며 품에 안기는 한규가 신통하고 가엾은 생각이 들었지만, 아빠와 엄마는 안타깝게도 밀리는 회사일로 아들 한규와 함께 놀아줄 시간이 없었다.

"그 돈 때문에, 한규에게는 좋은 장난감, 최고의 어린이 집이 아니야."

직장근무 중에도 괴롭힘에 시달리던 덩현 씨는 비장한 각오를 하게 된다. 엄마 아빠가 곁에 함께 있어주는 게 어린 아들을 위한 최상의 선물이라는 생각을 하게 된 필자 덩현 씨는, 얻기마저 힘이 든 직장에 부부가 함께 사표를 내고 있는 집을 팔아 해외 여행길에 오른다. 미국 자동차 전문 배달회사 임시고용인 자격으로 캐나다 뱅쿠버까지 가족여행을 다녀오기도 한 필자는 멕시코에서 허름한 봉고차를 구입, 남미 행 육로관광을 하게 된다. 해가 지면 맑은 물이 흐르는 개울가 정자나무 밑에 텐트를 치고, 그곳 물가에서 엄마는 불을 피워 음식을 준비하고, 아버지는 소꿉놀이 아빠가 되어 아들 한규와 놀아주며 밤을 보낸다. 먼 길 아르헨티나에서 명소를 찾아다니며 즐거운 가족여행을 하는 동안 둘째 보물 민규가 태어나게 되는 행운을 맞이하게 되었고, 낭만이 흐르는 아르헨티나 생활이 맘에 들어 부에노스아이레스에 보금자리를 마련하게 되었다고 한다.

아버지를 믿고 바라보는 자식의 눈은 나이에 따라 달라진다고 한다. 5살 이전 어린아이에게 '아빠'는 의심의 여지없이 안길 수 있는 포근하고 다정한 존재다. 아빠는 장군보다 위엄스럽고 누구보다도 지혜롭다. 그러기에 한 순간 아빠의 잘못 판단은 아이에게 커다란 실망과 지울 수 없는, 마음에 상처를 안겨 줄 수 있다. 자식을 키우는 아버지의 각별한 책임이 부여됨을 늘 기억해야 될 일이라고 생각을 한다.

콘서트에 미쳐 어린 딸애를 차 안에 가둬둔 어처구니없는 아버지,『미친가족 집 팔고 지구 밖으로』어린 아들을 위해 별 사이로 유영을 떠나는 존경스런 아버지, 두 분 아버지의 이야기는 거할 곳마저 준비되지 않은 파라과이 아순시온에 볼품없는 이민 짐을 풀고, 벌이도 얼마 되지 않는 생활비 마련에 메이느라 함께 놀아 주기 바라며 아빠에게 매달리는 한 돌, 두 돌을 넘긴 연년생 어린 남매아이 손을 잡아줄 마음의 여유가 없었던, 불안해 할 틈마저 없었던 파라과이 이민 초기의 마음 아픈 기억을 뒤돌아보게 한다.

'아빠의 교훈' 이 엄청난 아버지의 자리를 감당해야 할 자격이 내게도 갖춰져 있다고 말할 수 있는지, 반사교훈을 늦게나마 다시금 생각하게 되고 깨닫는다.

오! 나의 조국

여행채비를 끝내고는 마음이 들썩거려 자랑거리도 아니지만 자랑하고 다녔다. 화단에 박아둔 하얀 차돌이 세치나 자라도록 가보지 못했던 고국방문이라니까, 기차요금 에누리하려는 60년대 시골 영감만큼이나 딱해 보였는지 서울을 가게 되면 시대에 맞는 옷 먼저 사서 갈아입으라고 한다. 특별히 챙겨가야 할 서류가 빠진 것은 없나 괜한 걱정을 되풀이하면서 에세이사 국제공항을 출발하여 카탈의 도하공항에 이른 시간은 밤 10시 50분이었다. 짙은 안개에 가려있는 듯한 공항을 밝히는 엷은 황색 등불이 낯설기만 하다. 3시간이나 초조하게 기다리던 인천행 비행기에 올라 비치해둔 한글신문을 펴보며 마음이 조금은 안정되었을 때였다. 반대편 좌석의 건장한 젊은이가 자리에서 일어서며 저열하고 섬뜩한 표현을 동원해 격하게 고함을 친다. 앞에 앉은 나이든 어른과 무슨 언쟁이 있었는지는 알 수 없으나 이내 기내의 분위기는 험악해졌다. 급히 달려온 안전요원의 제지로 진정은 됐지만, 양식 없이 부적절한 폭언을 서슴없이 퍼부은 안하무인격인

저 젊은이가 몹시 불쾌했다.

활주로에 착륙하기 위해서 비행기가 인천국제공항 상공을 회전하는 동안 조그만 창문 커튼을 젖히고 까마득히 구름 아래 산과 바다와 초원을 내려다보았다. 고국의 하늘에서 고층건물을, 축구장을, 예전엔 볼 수 없었던 풍차발전소를 바라보며 꿈같은 생각에 젖어들었다. 얼마나 그리워하던 조국이었나. 서른여섯 해 전 김포공항 대합실에서, 남미 행 항공기를 기다리며 가슴 조이던 생각이 떠올라 나는 깊은 감회에 젖어들기도 했다. 많은 사람들이 빠져나가고 해거름이 지는 저녁이 돼서야 뒤늦게 공항대합실을 빠져 나왔고, 나는 미리 와서 기다리는 머리칼이 희끗희끗해진 장년의 모습으로 변한 막내동생 가족의 환영을 받았다.

서울의 밤은 부에노스아이레스의 한 낮이어서, 지루하던 생각만 나고 몇 일만에 인천국제공항엘 오게 되었는지 종잡을 수가 없었다. 호화스런 공항을 나와 미끄러지듯이 고속도로를 달려 동생네 집이 있는 성남시로 가는 동안 청년이었을 적에 헤어진 막내와 궁금한 이야기를 주고받느라 여념이 없었다. 손이 허전함을 느껴 뒷좌석에 관심을 두고 시선을 옮길 때는 성남시 진입을 알리는 팻말이 서있는 곳이었다.

"아이구, 여보, 중요한 가방을 놓고 오시다니요."

상황을 판단한 아내의 표정은 그때 벌써 어둡게 굳어 있었다. 제수씨께서 기다리시는 동생네 집을 눈앞에 두고 허둥대는 마음으로 유턴을 해서 인천공항으로 돌아갔다. 어깨에 메고 있던 가방을 내려놓았던 출입국관리소, 환전을 하기 위해 잠깐 들렀던 외환은행, 곰곰이 짚어 봐도 메고 있던 손가방을 내려놓았던 기억은 떠오르지 않았다.

"형님, 너무 염려하지 마세요. 가방은 분실물보관소에 있을 겁니다."

분실물보관소에 가방이 있을 거라는 기대를 해 보지만 불안하고 마음이 놓이지 않는다.

"찾으시고 계시는 초록색 가방이 있다고 합니다. 지하1층 분실물센터로 내려가 보세요."

안내양의 말이 미처 끝나기도 전 잰걸음으로 지하실로 갔다. 인적이 드물어 썰렁한 분실물보관소에는 주인을 잃은 푸른색 가방이 기다리고 있었다. 신분확인을 끝내고 가방을 열어 내용물을 뒤적였다. 감시원의 검열흔적은 보이지만 비상금으로 넣어두었던 미화 천불과 사진, 주소와 전화번호 한 달간의 일정표를 기록해 두었던 메모지 등 분실된 물건이 없이 고스란히 제자리에 들어있었다. 아, 여기가 바로 나의 조국! 소중한 메모지를 찾은 고마움에 눈물이 핑 돌았다.

"형님, 하나의 추억이라도 더 담아가시라고 잠깐 건망증을 일으킨 것 같습니다.

서울거리를 걷게 되거나 전철을 이용하는 경우를 대비해 빈틈없는 사전교육을 받아두었으나 길을 나설 때의 어정뜨기는 마찬가지였다. 오래 전에 소식이 끊겼던 처가의 친척분들을 만나 주체 못하게 눈물을 흘리는 감격의 순간, 희미한 기억으로 알아본 단짝 초등학교 동창을 만나는, 그야말로 격세지감의 기회도 주어졌다.

식사 한 끼라도 대접해 보내려는 일가친척의 성화를 거절할 수 없어 한시도 여유가 없는 빽빽한 한 달 동안의 일정을 보냈다. 눈부시게 발전한 서울시민들 틈에서 한강의 기적, 청계천의 기적 등이 내 마음을 더욱 일렁이게 했다.

"손님, 이 상품은 순수 한국제품입니다." 평화시장 상인들의 양심 걸은 상품 소개에 가슴 뿌듯해지는, 전에는 느껴보지 못했던 감동과 감격이 많았던 날들이 너무나 빠르게 지나갔다.

그러한 고국을 다녀온 지 어언 반 년이 흘렀다. 잊고 지내온 그리움이 몸 속 깊은 곳까지 스민다. 알바 일을 나가는 조카딸아이의 착한 웃음, 광장시장 16호 순대집에서 소주잔에 촉촉이 묻어오는 고국의 향수를 꾸역꾸역 삼키던 생각이 자꾸만 떠오른다. 무럭무럭 김이 솟는 막국수대접에 사리 하나 더 얹어주시며 덕담을 하신 아주머니….

"먼 데서 오셨나 봐요."

주인아주머니의 한 국자 리필을 받던 생각, 일어설 때는 대구 수창동의 수양어머님이 차려주신 저녁상을 받고 온 날만큼이나 마음 훈훈하던 일, 모든 사람들이 손을 펴서 악수라도 청해올 것만 같은, 어디서 본 듯한 미소 짓는 서울시민들의 얼굴이 눈앞에 지금도 어른거린다.

오늘은 기분 좋은 날

　대륙성기후인 부에노스아이레스의 겨울은 여민 옷소매를 파고 드는 송곳바람이 풋풋한 인정마저 얼어붙게 한다. 그래서인지 어려움에 처한 사람들에게는 동정의 손길이 더욱 절실한 계절이다. 그런 생각을 해서인지 해마다 이맘때면 금발수염이 덥수룩한 노숙자 할아버지의 잠자리가 궁금해진다.

　우리 부부가 천직으로 생각하며 편의점을 하고 있을 때였다. 노선버스가 연착을 하는 일이 없는 한 20여 해를 한결같이 새벽 첫차를 타고 다녔다. 가로등불이 희미한 편의점 좁은 길목을 들어서면 문방구점 앞 처마 밑에서 얇은 담요 한 장으로 추운 밤을 보내는 독거노인 곁을 지나게 된다. 많은 행인이 이곳을 지나치지만 노인에게 관심을 두고 지켜보는 사람은 별로 없다. 불경기와 찬바람이 부는 8월이면 부쩍 많아진 길거리 가출소년, 의식주 해결을 할 능력이 없는 노인, 어린아이까지 동반한 젊은 층 가족이, 얄팍한 이불 한 자락으로 시내 중심가 인도에서 밤을 보내는 안쓰러운 모습을 어렵지 않게 볼 수가 있다.

행인이 뜸한 산 마르틴공원 햇살이 잘 드는 벤치에서 신문을 훑어보는 일과, 여러 독서가의 손을 거쳐 온 낡은 문학지가 언제나 손에 들려있는, 책을 많이 읽어 머리에서 딱 소리가 난다고 남들이 말하는 이 노인에게는 유럽으로 이주를 한 아들이 있다고 한다. 그러나 아들과는 오래 전에 소식이 단절되었고, 아예 도움은 청할 수 없게 되었다고, 정부에서 지급하는 무의탁 연금에 의존한다는 이야기를 전해 들어 알게 된 노인이다.

처지가 비슷한 사람끼리 만나서 염려스런 선거 공약을 갑론을박 열변을 토로하지만, 정작 자신에게 다가올 내일 걱정은 염두에 두지 않는다. 구걸을 하기 위해 딱한 얼굴을 지어 보이는 일도 없다. 비록, 의복은 남루하지만 예의 바른 신사 노인이시며, 내 스스로 잔뜩, 불안 욕심이 배어있어 만족이 없는 생활에 매달려야만 되니, 모순 중에 모순이 도시 사람들의 삶이라고 말하는 것이 이 노인의 철학이다.

고가의 옷차림이나 얼굴화장은 몸을 가리기 위한 수단일 뿐 내면은 텅 비어있는, 이른바 마른 박이나 다를 바가 없다고 사치와 허영심을 지적하는, 어쩌면 명 강사였을 금발의 문재(文宰)노인이시다.

그러는 이 노인에게 한국아가씨의 따듯한 손길이 닿고 있다는 걸 알게 되었다. 몇 블럭 사이의 코르도바 큰길에서 조그만 옷 소매상을 하는, 지역에서 유일한 이웃 한인가정 옷가게 아가씨는 매일 저녁이면 편의점에 들러 샌드위치와 따끈하게 데워진 인스턴트 야채죽을 주문해서 가져간다. 아가씨가 저녁을 대신하기 위한 수단은 아닐 거라는 생각은 하고 있었으나 대수롭지 않게 여기며 지나쳤다. 그러던 어느 날 우연찮게 문방구점 노인 앞에서 준비해간 샌드위치와 열이 식지 않은 따끈한 야채죽을 노인에게 건네주는 한국아가씨를 목격하게 되었다. 매일같이 편의점에 들러 먹을 것을 사서 들고나가는 조그마한 체구의 동양아가씨, 바로 이웃 동포아가씨였다. 때로는 실의에 빠져들기도 하고, 편히 쉬어볼 시간이 없이 지치는 이방인의 생활이련만, 넉넉한 생활에 도움을 주는 돈을 들여 자선을 베푸는, 선행을 하면서도 쑥스러워하는 옷가게 교포아가씨의 따뜻한 손길은 추위에 굳어진 마음들을 훈훈하게 했다. 번뇌하던 도시마저도 잠잠 하는 듯했다.

아가씨가 다녀간 조금 후면 우리 가게 문을 닫는 시간이다. 버스정류장으로 가는 길목 문방구점 앞에는 진작부터 노인이 와서 잠자리를 준비하고 있다.

"오늘밤, 편히 쉬세요."

"예, 고맙습니다."

몹쓸 전염병에라도 걸린 환자노인으로 대하며 피해가던 지난 일이 부끄럽다. 금발 수염이 덥수룩한 노인의 인사, 소매 옷가게 한국아가씨의 선행은 불경기에 어두워진 마음을 잘 헹구어 주었고, 마치 흰 빨래를 본 것과 같이 개운하다. 그날은 참 기분이 좋은 날이었다.

은빛바다 '말델플라따'

여름 휴가철에 찾는 피서지인 말델플라따('은빛바다'라는 뜻임)에서, 어느 주말을 보낸 적이 있다. 이 도시의 돌색은 고운 은빛이며, 아침햇살이 반사된 바닷물조차 온통 은빛으로 물들게 하는 신비로운 도시와 바다가 어우러진 '말델플라따!' 그 앞에 서면 감탄사가 절로 나오게 된다는 이야기로부터, 그곳 잔잔한 은빛 바다의 아름다움에 반한 여류시인 '알폰시나'가 바로 바다에 투신하였다는 전설적인 이야기까지 이곳 친구에게 전해들은 터인지라, 그곳에 가면 시상이 저절로 떠오르고 시를 쏟아낼 거라는 생각이 들어, '언젠가는 나도 반드시 한번 가보리라'고 마음속에 꼽아두었던 곳이었다. 그곳이 바로 '말델플라따!'

기암절벽이 없어 아쉽다는 생각은 들었지만, 해안선을 따라 설계한 도시 지반은 원통으로 된 바위 덩어리였으며, 건물 주춧돌, 주택의 벽, 바다사자 조각 등 심지어 화단을 장식한 작은 돌멩이들조차 돌이란 돌은 모두 하얀색이어서, 은빛 도시라는 이름이 실감난다.

수도 부에노스아이레스 에서 약 400Km거리를 승용차로 달려 내가 도착했을 때에는, 이미 땅거미가 지는 초저녁이었다. 모처럼의 바다를 찾고픈 마음에, 짐을 풀어놓기가 무섭게 해변가로 향했다. 가물가물 스러지는 지평선과 출렁이는 푸른 바다는 가슴을 탁 트이게 한다. 더러는 산더미 같은 파도가 꽝꽝, 부서뜨릴 듯이 방파제를 때리고, 몸 속 울혈이 펑하고 밖으로 뛰어나가는 듯한 통쾌함과 더불어 버럭 소리라도 지르고 싶어진다.

이민을 떠나오기 전 인천 송도에서 바라보던 바다가 오버랩된다. 정구, 용이, 현이랑 민박집에서, 눈물을 글썽이며 이별의 아쉬움을 삭히던 그 시절의 얼굴들이 어른거린다. 다시 만나자는 기약조차도 할 수 없었던 그 때, '사전지식도 없이 파라과이로 농업이민을 떠나느냐', '왜 모험을 자청하느냐'면서 걱정해 주던, 그 친구들을 만나볼 수 없다고 생각하니 금세 눈시울이 붉어지고 만다.

자정을 넘기고, 거친 파도조차 잠이 든 고요한 서해바다는 적막했었지. 하지만 오늘 쿵 쿵, 이따금씩 어둠을 타고 들려오는 방파제의 울음이 내 마음을 더욱 무겁게 한다. 이민 오기 전 한국에서의 생활과 기나긴 이민생활이 뒤범벅이 되어 오만가지 생각이 다 떠오르기 때문이다. 특히, 가로등으로 밝게 드러나 있는 뽀얀 말델플라따 해변을 거닐다 보니, 어느새 모래 위를 걷는 방랑자가 된 신세다. 나는 느린 걸음으로 걷고 또 걷는다. 고기잡이배의 불빛도 가물가물 파도에 떠밀려 오다가 사라지고, 그 많던 피서 인파도 모두 잠이 든 고요한 해변가를 나 홀로 걷고 있는 것이다. 그런 내게 살포시 다가와 간지럼을 피우는 바닷바람이 상쾌하다.

호흡을 할 때마다 스미는 비리치근한 해초 냄새마저도 향긋하게 느껴지는 밤이다. 철썩, 소르르 처얼썩, 파도가 하얀 거품을 물고 와 방파제에 부딪치며 스러지는데, 저만치에서 서두르지 않는 걸음을 옮기며 그림자를 끌고 다가오는 여인의 그림자도 보인다. 잠시 허리를 굽히고 있는 것으로 보아 아름다운 조개껍질이라도 발견한 모양이다. 한 걸음 한 걸음 다가온, 그녀는 중년의 여인으로 조금은 놀란 표정을 짓는다.

"부에나노체 세뇨라?(아주머니 안녕하세요?), 밤이 깊었는데…."

가벼운 웃음으로 답례를 하는 여인에게서 사람의 냄새를 맡을 수가 있었다. 어디에서도 본 일은 없지만, 그냥 반가운 사람 같았다.

"초면에 실례지만, 조금 전 부인께서 무엇인가를 줍고 계시던데 아름다운 조개껍질이었나요?"

"아, 예, 조개껍질은 아니고요."

손을 펴서 내게 보여준 것은 조개껍질이 아닌, 파도에 깔려 동그랗게 다듬어진 조약돌이었다.

"아주 예쁜 조약돌이군요. 조약돌을 아끼는 사람은 마음도 예쁘다던데…."

"많은 사람들이 그렇게 말을 하지요."

"늦은 시간, 해변을 걷게 된 각별한 사연이라도 있으신가요? 알폰시나 시인처럼요."

"알폰시나 작가에 대한 전설은 전해 들어본 적이 있습니다만 제 기억으로는, 소설가이며, 시를 쓰신 걸로 알고 있습니다. 하지만 저는 아닌데요. 그저 혼자만의 시간을 갖고 싶어서요."

"부인께서는 노란 우산을 들고 계시는군요, 노란색은 기다림을 뜻하는 표현이라고 하던데요…."

나는 여인에게 방해가 될 수 있다는 생각에, 더 이상의 대화를 자제하였다.

뚜우 뚜우 우….

만선을 알리는 고기잡이배의 경적조차 쓸쓸히 어둠에 잠기어 가는 바닷가, '말델플라따!' 잠을 놓친 한 쌍의 갈매기가 홰를 치며 등대바위 쪽을 향해서 날아간다. 해변은 곤히 잠에 들고, 달그림자만 나와 동행을 한다.

장하다 김 마누엘

숨 가쁜 발걸음을 잠시 산으로 옮겨가면 많은 것을 잊는다. 바위틈새를 흐르는 물소리, 잎이 넓적한 후박나무, 떡갈나무 등의 싱그러움은 어느새 무거운 마음의 짐을 내려놓게 하고, 조금은 놀란 듯한 산새들의 인사에 흥얼흥얼 콧노래가 절로 나온다. 산행을 다녀온 여독이 풀리지 않아 피곤을 느끼면서도 씨오~~ 휘파람소리로 들리기도 하고, 찌오~ 이렇게 똑똑 끊어지는, 한껏 목청 높인 산새들의 고운 노래가 귓전을 맴도는가 하면, 마주 스쳐 지나가며 미소 짓는 산사람들의 밝은 얼굴이 눈앞에 어른거린다.

발을 헛디뎌 미끄러져 깨어진 무릎이 아문다 싶으면 다시 서둘러 산을 찾을 궁리를 하는 산사람들에겐, 가끔은 불의의 실종사고를 당하는 일이 벌어지기도 한다. 2014년 청 말띠 해 정초 파타고니아 지방 리오 네그로 주 엘 볼손 산장에서 휴가를 보내던 한인청년이 실종되는 사고가 발생했었다. 지역 경찰서, 민방위, 소방서 등에서 많은 수색요원들이 총동원돼서 6일째 찾고 있지만 행방이 묘연하다는 사고소식을 전해들을 때만 해도 다른 지역으로 옮겨갔을 수도 있지 하고 크게 걱정을 접었었다. 그러나 하루, 이틀이 지나도 그 청년에 대한 근황이 없어 한인업소가 밀집해 있는 한인타운을 가게 되었다. 오래 전부터 친분을 쌓은 교포를 만나보아도 K씨의 아들 마누엘 군에 대한 반가운 소식은 들어볼 수 없었고, 15일이 지나도록 행방을 찾지 못하면 수색을 포기하게 될 수도 있다는 걱정스런 지인의 표정만 읽고 돌아왔다. 사람의 뇌신경에는 윤형감각이라는 게 있고, 방향을 잃고 나면 뇌 속 윤형감각 신경 방해로 인해 반경 6Km를 벗어나지 못하고 같은 장소를 맴돌게 된다는, 산행 지침서 생각이 떠나질 않는다. 부에노스아이레스에서 1800여 Km나 멀리에 있는 험준한 산 속을 헤매며 애를 태우고 있는 김마누엘 군 모습이 눈에서 떠나지 않는다.

구조본부 조사내용에 의하면, 12월 26일 엘 볼손 지역 우에-나인에 여장을 풀고 트래킹을 시작해 이엘로 아술(푸른 얼음 산)까지 올라갔다가 내려와 그곳 캠프장에서 묵었고, 27일은 나타시온의 오르키타 캠프에서, 28일은 엘 카혼과 레타 마르카 등정을 하고 하산, 엘 카혼에서 1박, 29일은 산행을 하던 중 날이 저물어 텐트를 치고 야영을 했으며, 30일 오후에는 라키토스 산장으로 이동, 31일 라키토스 산장에서 점심을 먹은 후 소베라니아 호수로 트래킹을 나갔으나 그날은 몹시 흐린 날씨였었다. 가벼운 트래킹 복장으로 로스 라기토스 산정을 오르던 중 진눈깨비가 쏟아져, 잠시 몸을 피해있으려다 방향을 잃었을 것이라는 게 이제까지의 수색 결과의 발표 내용이었다.

기온이 영하로 떨어지는 칠흑 같은 공포의 밤을 의지로 견뎌야 했던 사투의 12일, 실종됐다 극적으로 가족 품에 돌아온 김마누엘 군, 생각만 해도 가슴이 먹먹하다. 열흘 되던 날은 가까이에서 들려오는 구조견의 안타까운 울음소리를 들으면서도 발이 얼어 떼어 놓을 수가 없었다고 했다. 낮으로는 섭씨 35~6도의 강한 햇볕이 내리쬐고, 밤이 되면 수은주가 2~3도 영하로 떨어진다니 추위에 얼마나 몸을 떨었을까? 밤에 잠이 들면 깨어날 수 없을 것 같아 나무를 팔로 감싸 씨름을 하며, 밀려오는 잠을 쫓았다고 하니 그의 지혜와 용기는 가히 대단하다.

　병은 고통을 체험하면서 그 병에 대해 알게 된다고 한다. 리오 네그로 주 볼손 관할경찰서로부터 느닷없이 아들의 실종소식을 전해 듣는 부모 마음은, 뜻밖의 충격으로 머릿속이 하얗게 변하는 생에 최악의 날이었음을 짐작한다. 아들 실종 11일째 되던 날 마누엘 군 어머니는 환상까지 봐, '이제 끝났구나' 포기하려는 마음이었다니, 억장이 무너지는 어머니의 마음은 상상만으론 헤아릴 수 없다고 여긴다.

　이번 산(山)의 남자 김마누엘 군의 일로 인해 한 사람 생명의 소중함과 동포애를 새삼 보고 느낄 수 있었다. 주재대사가 리오 네그로 주지사를 통해 특별히 협조 요청을 주문하였고, 박 외사관이 현장으로 달려갔다. 한인회장, 김알렉한드로 변호사, 한인회 이사, 마누엘 군이 몸담고 있는 교회목사, 장로, 그리고 죽마고우들의 진정한 우정 어린 사랑은, 그냥 배우고 말로 하는 게 아니라 마음 깊은 곳으로부터 우러나와 피부에 닿는 푸근하고 따뜻한 사랑이었다. 추위와 공포에 맞서 견뎌 이기고 돌아온 '우리의 장한 김 마누엘 군' 눈에 넣어도 아프지 않아하실 어머니 품에 환한 웃음과 희망을 안겨준, 산을 품은 남자 김준영 군에게 고맙다는 말을 전해야겠다.

초량 언니

　아르헨티나 생활에 익숙한 P씨와는 오래 전부터 호형호재하며 지낸다. P씨와 만나는 날이면 주로 서구식 레스토랑엘 가서 유럽의 전통음식을 시켜먹는다. 메뉴가 구운 고기일 때엔 적포도주를 주문하고, 스페인 음식인 Paella(많은 종류의 해물과 쌀을 넣어 만든 음식)에는 블랙와인을 시켜 마시며, Entrada(주문을 한 음식이 나오기 전에 식욕을 돋우기 위한 간단한 요식)를 시켜 푸짐한 저녁식사를 하고 난 다음, 요금 외에 따로 감사하는 일에도 소홀히 하지 않았다. 그러는 P씨에게서 전화가 왔다.

　"형, 오늘은 백구(한인 밀집지역)에서 저녁을 먹도록 하지요."

　P씨가 알려주는 데로 Curapaligue길 성진 슈퍼마켓 건너에 있는 초량갈빗집 문을 열고 들어서니, 서울에서 자주가보던 청계천4가 돼지 숯불갈비 선술집 추억이 몽글몽글 떠오른다. 철판으로 된 둥그런 식탁 중앙 화덕에는 19공 연탄불이 아닌 숯불이 벌겋게 달아 불꽃이 피어오르고, 그 위에서 지글지글 먹음직스런 돼지삼겹살, 소갈비가 구어지고 있다. 청계천4가 돼지불갈비 집에

서는 대접에 찰랑거리는 막걸리를 선 채로 벌컥벌컥 들이키는 별난 이벤트였었는데, 초량 숯불갈빗집은 중앙 화덕에 숯불이 이글거리는 둥그런 양철 술상에 둘러앉아 칼칼한 소주잔을 비우면서 향수를 그리는, 객지에 벗들이 시끌벅적한 옥수동 좁은 골목의 선술집 같은 곳이었다.

서울에서 부에노스아이레스로 옮겨 놓은 단상은 더 있었다.

"아줌마, 여기 소주 하나 더 줘요." 톤 높은 주문에 "예~ 예" 답하는 주인 아지매. 그뿐인가. 빠트리면 섭섭해 할 찾아오는 단골손님에게 "오빠"라 부르는 초량언니의 따뜻하고 정겨운 리필이 곁들인다.

합석을 한 P씨가 "언니야"라고 부르는 것으로 보아 오랜 단골임을 짐작할 수 있었다. 외국에 와서 흔하지 않은 "오빠"라는 예명을 얻게 되었으니 스스럼없이 언니라고 부르게 되었을 것이다. 그녀가 태어난 동네 이름을 따서 초량 숯불갈비로 간판을 달았고, 초량언니의 재치 있는 친절은 빈자리가 없이 항상 만원이라 한다.

P씨와 약속이 되어 다시 그 집엘 가게 되면 친분이 있는 교포와도 만나게 된다. K씨, J씨, L씨 모두 반가운 이국의 친구들이다. 이민 나그네 동포의 친교와 우정을 나누는 만남의 집인 '초량 숯불갈비', 피곤해 지친 빈객 이방인의 향수를 달래주던 스페인어 발음이 섞이지 않은 구수한 경상도 사투리 초량언니의 온정, 인생이 녹아 들어있는 곳으로, 하루의 피로를 말끔히 풀어주는 곳이 되었다.

하지만 단골 선술집 초량갈비는, 한인 이민정착 일등공신인 의

류업으로 변경하며 문을 닫았다. 그렇지만 언제 어디서 만나도 "언니야"로 통한다. 그건 아마도 "오빠", "언니야" 마음을 비우던 연민에 정 때문이리라.

효자 효부를 찾으려 애씀이 바로 효행의 시작이다

"바로 앞에 가시덤불이 가로막혀 있다. 옆으로 비켜가거라."
"나뭇가지에 할퀼라 머리를 숙이거라."
"발을 접지르기라도 하면, 가야 할 길이 먼데 낭패이다."
아들은 어머니의 소원을 들어, 노모를 지게에 지고 어둑해진 산
길을 가는 중이다. 아들에게 업혀가는 어머니 마음은 행여 아들
이 발을 잘못 디뎌 다치기라도 하면 어쩌나, 나뭇가지에 찔려 얼
굴에 상처라도 입지 않을까, 고려장 지를 가는 길에서조차도 자
식걱정을 하신다.

병을 얻은 고통보다도, 밤낮을 마다않고 병간호를 하느라 애를
쓰는 며느리와 아들을 더 안쓰러워하시는 부모님의 넓고 깊은 사
랑, 아버지여 날 낳으시고, 어머니여 나를 기르시니 그 은혜를 갚
고자 할진대 하늘이 다함이 없도다. 즐거운 마음으로 모시며, 부
모님 병환에 근심을 다하라, 아버지께 효도하면 자식이 또한 내
게 효도할 것이라. 명심보감의 효행 편 가르침을 잠시 새기어 본

다.

올해에도 재 아르헨티나 호남향우회에서는 우리의 미풍양속 중에 하나인 '효자 효부를 찾습니다' 설맞이 행사와 함께 효자 효부상 시상을 치르게 된다는 큼지막한 전면광고가 실린다. 강박관념을 벗어나지 못하는 이민생활이지만 20여 해를 거르지 않고 효자 효부 찾기 행사를 이어가는 호남향우회 회원님들께 엄지를 세워 경의를 표한다.

매해 '효자 효부상'을 준비해서 안겨주는 훈훈함과 받는 기쁨의 효행이 지속되기는 결코 쉬운 일만은 아닐 것이다. 더구나 멀고 먼 지구 끝, 희미하게 희석될 수 있는 우리의 효 문화를, 자칫 모르고 지나칠 수 있는 이웃의 효심을 환기시켜주는, 호남 향우회 효자 효부를 찾는 연중행사에 찬사를 보냄은 물론, 주위의 흐뭇한 효심을 돌아보며 이 행사에 동참을 해야겠다는 생각이 든다. 정성을 모으고 효심을 다하여 마련한 잔치인데, 주위에 따뜻한 감동을 주는 효자 효부 한 분이라도 누락되어서는 안 되겠다는 생각에서다.

효심은 그 지역의 덕목이라고 하는데, 지구 반대편 아르헨티나에서 온종일 뛰어다니는 바쁜 이민생활이지만, 고매하고 너그러운 효심을 잊지 않는 아르헨티나 한인사회는, 바로 진정한 미덕이 뿌리내린 곳이 아닐까싶다.

어화, 세상 사람들아, 예나 지금이나 다를소냐? 충효(忠孝)가 으뜸이니라. 효의 대표적인 근원설화 심청전이 오버랩된다. 승상부인 댁 삯바느질을 하러 간 딸을 마중 나갔던 심 봉사(심현, 심학규)가 얼음판에 발을 잘못 디뎌 물에 빠졌다. 마침 그곳을 지나던 화주 승이 그를 구해주어 고마움에 공양미 300석을 시주하겠노라고 호언장담, 심청이 남공상인에게 공양미 300석을 받고 팔려가 인당수 물에 던져지자, 선녀가 심청을 구해 용궁으로 데려가 용궁에서 어머니를 만나고, 왕은 환생한 연꽃 심청을 왕비로 맞아드림으로써 심청은 왕을 도와 선정을 베풀게 했고, 아버지를 만나려 왕에게 맹인 잔치를 열도록 권유, 맹인잔치에서 딸을 만나는 심현은 "네가 청이냐!" 꿈이거들랑 깨지 말아다오. 기뻐 눈을 뜨게 된다.

전남 곡성군 오산면 신세리 심청공원에는 효행 기념비가 있다고 한다. 심현이 어린 딸 청이에게 젖을 얻어 먹이러 갔던 우물은, 송정리 마을 한가운데 아직도 보존되어 있으며, 아무리 가물어도 우물물이 마르지 않는다고 한다.

화목의 근원 효심을 자랑스럽게 두려고, 황해도 곡성이 효녀 심청이 태어난 고향이다, 중국에서는 황주 곡성이 효녀 심청이 태어난 곳이라고 기록해 두었고, 백령도에서는 심청 기념관을 세워, 연극, 영화, 판소리 등 심청의 효심 관련 재료를 보관 관리하며, 효 정신을 기리고 있다고 한다. 아버지 눈을 뜨게 하려고, 공양미 삼백 석에 팔려간 심청을 배에 싣고 둥덩둥덩 떠나가던 황해도 장산곶 몽금포 앞바다 효녀 심청의 넋을 기리며, 아르헨티나에 거주하는 한인교포 효자 효부를 수소문해서 효심을 환기시키려는 호남향우회 회원들의 효행은, 먼 훗날 3세대, 4세대에 이르기까지 아르헨티나 한인이민사회에 우뚝 설 효심이리라 믿어 의심치 않는다.

지나온 내 삶을 뒤돌아보며

세상에는 잡초와 닮은 삶을 살아가는 사람들이 의외로 많다. 나 역시 그런 사람 가운데 한 사람이다. 지나온 내 삶을 뒤돌아보자니 나도 참 파란만장한 삶을 살았고 어렸을 때부터 적지 아니한 상처를 안고 살아왔다. 이제 다 벗어난 시점이기에 부끄럽지만 터놓고 얘기하련다.

서독 광부 간호사, 이란·사우디아라비아 취업이민으로 시작한, 1960 ~ 70년대 남미이민바람은 듣는 귀를 솔깃하게 했었다. 나는 모험을 각오하면서 1975년 생면부지 파라과이 농업이민 신청접수를 하게 되었고, 작지만 하던 사업을 정리하고서 아내와 어린 남매아이를 앞세우고 1977년 초 이민을 가기 위한 짐을 꾸릴 수 있었다. 초록이 물드는 5월이었다. 비행기에 오르기 하루 전 착잡한 심정으로 어쩌면 다시 볼 수 없을지도 모를 남산 산책로를 걷기로 했다. 꼬옥 잡은 그때의 아내 손은 바르르 경련이 일고 있었다. 어린이회관 주변을 장식한 꽃을 찾는 나비를 잡으려고 마냥 뛰어 노는 세 살 큰애와 막 돌 지난 딸아이를 바라보는 아내의 긴장이 어깨를 무겁게 누르기 때문이었을 것이다.

서울이여, 안녕! 4년 가까이 새벽 통금해제가 되면 하루도 거르지 않고 뛰어오르던 남산이여, 안녕! 그렇게 막연하게 떠나온 내 눈가엔 촉촉이 이슬이 고였었다.

미지의 세계에 적응해야 할 설계도면에 한 획을 그으며 눈이 시리도록 파란 남태평양을 건너 도착한 파라과이는, 현대문명의 차이점을 이해 못하는, 보고 느낀 바를 다 이야기한들 곧이 들어줄 누구 한 사람 없을 만큼 척박하기 이를 데 없는 후진국이었다. 더욱 힘들었던 기억은 연고자 없는 무의탁에 가뜩이나 지닌 돈이 없었고, 스페인 점령 이전의 원주민 과라니어와 스페인어를 알아들을 수 없어 귀와 입이 멀쩡한 벙어리가 될 수밖에 없었다는 사실이다. 빵 한 쪽 살 수 있는 벌이라면 궂은 일도 마다 않고 밤이 깊도록 일을 해야만 그나마 생계를 이을 수 있었으며, 어떤 경우엔 열대의 독충에 쏘이거나 풍토병인 가려움증으로 고생을 하면서도 마땅한 대안이 없었다. 흐르는 세월은 참 좋은 지우개라고들 한다. 돌이켜 보면, 파라과이에 거주하던 10년의 긴 세월은 아무리 좋은 지우개라고 해도 지울 수 없는, 가슴 철렁하는 과거의 기억이며, 영문 모르고 엄마 품에 안겨온 놀랜 토끼눈 돌쟁이 아이들을 바라보는 망연자실한 아내를 생각하면 땅바닥에 헤딩이라도 하고 싶은 심정이었었다.

창창한 나이라는 사실은 그저 희망사항일 뿐 시도 때도 없이 몸에 밴 외로움이 도지곤 했었다. 나를 태어나게 하신 아버지 얼굴을 한 번도 본 일이 없다는 것도 그렇지만 "3일을 굶으면 배가 고플 거야"와 "3일을 굶었더니 허기지고 배가 고팠다"는 엄연히 다를 것임을 절감했었다. 이제 와서 굳이, 멍울진 어린 마음의 고통을 밝힌다면 유복자(遺腹子)는 면했지만, 갓 돌을 넘긴 외로운 아이로 소작농가인 고모님 슬하에서 일찍이 철이 드는 환경에서 나는 성장할 수밖에 없었다. '용해터지기는'이라는 말을 하도 많이 들었는데 주위 어른들이 하는 염려의 이 말이 지금도 내 귓전을 떠나지 않는다. 혼자서는 일어설 수 없었던 슬픔과 지독한 가난의 세월은, 훈육하시는 분들의 충언으로써 위로 받으며 용기를 얻었고, 내일의 꿈을 잃지 않으려 다짐하곤 했었다. 돌이켜보면, 줄타기 곡예사의 나의 삶은 계약직이 아니었으며, 동시에 내 꿈은 정년도 유효기간도 없는 것임을 믿고 고군분투하는 심정으로 살아왔다.

환경이 맺어준 다문화가정에 대한 불편이나 한 치의 불만은 내게 없다. 그러나 배내 쩍 몸속에 흐르는 한국의 따뜻한 피, 구성진 우리가요에 어깨가 들썩거림은 변할 리가 없다. 천진스럽게 민요 아리랑 노들강변 창을 곧잘 해 어른들에게 귀염을 받아보던 어린 시절이 기억난다.

"태진이는 다리 밑에서 데려왔어도 창가는 잘하네."

'주리골' 마을청년들이 목마를 태워주며 웃고자 한, 부모 없는 아이들을 일컬은 어두운 역사 유행어는 서러움의 눈물을 마냥 흘리게 하기도 했다. 나는 단란한 이웃가정의 어리광 또래아이들을 몹시 부러워했고, 어린 조카마음을 달래주시는 고모님의 극진한 사랑엔 되레 투정을 부리기도 했었다. 어느덧 초등학교 입학을 할 나이가 되었을 때였다. 서너 발치 앞서 가시는 고모님을 생각 없이 따라간 곳은 포천읍 변두리 지역 집장촌 낯선 환경의 이모님 댁이었다.

"너의 어머니다!"

고모님은 어머니와 잠시 이야기를 나누시면서 우묵한 채 우두커니 서 있는 나의 손을 이끌어 가리켜 보이셨지만, 당황하여 한 발짝 발을 옮길 수가 없었다. 고아인 줄로만 알았던, 주리골 고모님 댁에서 멀지 않은 거리에서 벌어진 뜻밖의 상황엔 왈칵 복받치는 울음을 억제하며 할 말을 잃고, 고개를 떨굴 수밖에 없었다. 그런 나를 바라보는 어머니와 이모님은 의외로 태연하셨다. 지금도 나는 그 점을 이해할 수 없다. 반겨주는 사람도 반가워하는 사람도 없고, 갓난아기 적에 헤어진 아들과 어머니, 모자(母子)가 재회하는 순간이건만 누구 한 사람도 감격하여 눈물을 보이는 사람이 없었다는 데에 나는 의아했을 뿐이다.

이모님 댁에서는 오랜 동안 정들어 합숙을 하기엔 불편한 점이 많았다. 한 달여 정들었던 이종형제들과 헤어져 아버지의 고향이며 내가 태어난 마을로 2살이 된 남동생의 손을 잡고 어머니를 따라서 이사를 하게 되었다. 며칠 사이에 마을 주민들과 서로 알게 되었고, 수단 좋은 이웃 할머니 소개로 어머니는 같은 입장의 새아버지를 맞아들이시었다.

사변에 불타버린 마을재건의 노력을 돕는 동안은 몹시 배가 고팠다. 풀포기마저 메마른 밭둑에서 민들레뿌리, 달맞이뿌리를 캐어와 허기를 달래는 일이 허다했던 시기였다.

'슬픔은 거짓이 없다', '하늘에 별들이 쌀로 보인다'는 고은 시인의 시구에서 느껴볼 수 있는, 그런 굶주림이었다. 그처럼 궁기가 들어도 우정 몸을 외틀거나 우유부단한 행동은 삼가야 했던 조신한 편이였었던 것 같다.

"어쩌나, 태진이는 철이 너무 일찍 들었네."

애답지 못하단 말을 들을 정도였으니 말이다.

돌림병을 치르지 않고 살아 돌아온 고마움의 출생신고는 마을 어르신 임의대로 면소재지 사무소에 호적을 올렸다는 말을 들었다. 당연히 늦어진 나이에 초등학교에 입학은 할 수 있었지만, 농번기 일을 돕느라 학교숙제는 고사하고 교과서를 들여다 볼 시간이 아예 없었다. 지금 와서 그 때의 힘들던 환경을 뒤돌아보면, 낙제점수를 면했다는 게 참 신기할 정도이다.

새로 맺은 가정불화로 인한 불만은 흡사 안개에 가려진 듯, 막연함으로 의욕을 잃고 무기력에 시달리고 있을 때였다. 어두운 터널을 벗어나는 우연의 기회라고 해야 할까, 그 무렵 이웃 형의 도움으로 독학의 길이 트이게 되었고, 모처럼 얻은 학업의 길이었기에 피곤한 줄도 모르고 틈틈이 일일 학습답안지를 채워 나갔다. 열두(十二頭) 마력의 원수와 같은 돈의 눌림에 그토록 열의와 공을 들이던 독학의 길에서 통신교육중앙강의록을 제대로 계속해서 공부할 수 없었다. 대폭 올린 등록금과 교재비 등으로 공부를 지속할 수 없게 되었기 때문이다. 그러나 유익한 단어는 꼼

꼼히 메모해 두며 배움의 불은 지펴있었는데 아쉽기 그지없었다. 나는 학업을 중단할 수 없다는 생각에 농촌 젊은이들의 배움터인 서당을 찾아 중문(漢字)을 배웠다. 새벽잠을 깨야 하는 농번기에는 피로와 누적된 잠이 몰려왔다. 그런 어려움이 겹치는 중에도 고서(古書) 한문(漢文)을 익혀 배울 수 있었던 행운은 여름철 보리쌀 한 말과 연초봉지, 가을이면 햅쌀 한 말의 성의를 고맙게 받아 주시는 글방훈장님 배려의 덕이었다.

"복습을 할 때 소리를 크게 내서 읽어라. 몸을 좌우로 움직이던지 앞으로 허리를 굽혔다 몸을 세우는 방법으로 글을 읽어 보아라." 등을 굽혀 세우며 소리를 크게 내어 한문 복습을 하게 되면 신기하게 졸음이 없어지고 천근이나 되는 눈을 부릅뜰 수 있었다. 호롱불을 밝혀 밤늦게까지 통감(通鑑) 6편 중 네 권째의 복습을 하고 있을 때였다. 인기척이 들리고 방문을 여는 소리에 고개를 돌려 본 사람은 대필사서와 농자금을 융통해 주는 건너 마을 편의점 주인 박 씨였다.

"마침 집 앞을 지나다 글 읽는 소리에 그냥 지나칠 수 없어 들렀다. 지금은 힘이 들겠지만, 참고 열심히 학문을 익히도록 해라." 하시는 것이었다. 돌이켜 생각해 보면, 작은 일에도 서로 믿고 돕는 정이 많은 시골인심이었다. 싸리문은 행여 그렇다 치더라도, 옆집 앞집에선 아예 울타리를 터놓고 왕래하며 방문 잠그는 일까지 대수롭지 않게 여겼으니 말이다.

편의점 박 씨가 다녀가고 보름 후에 마을이장의 추천으로 새마을 지도자 양성교육인 고등공민학교 등록을 하고 양돈, 소작농가 다수확, 푸른 산림조성, 신개발농업진흥교육 과정을 이수했다.

저녁이면 새마을회관에서 문맹퇴치운동으로 국어를 가르치며 헝클어진 마음을 떨쳐보려고 했지만, 환경의 지배는 견딜 수 없는 고통이었다. 응당 살아야 할 만한 사유를 도저히 찾을 길이 없었고, '마음먹은 대로, 나의 생각 모두를 지우고 말 거야'하며, 방황의 늪으로 곤두박질치기 시작했고, 그 끝은 그야말로 보이지 않는 벼랑으로 추락하는 것만 같았다.

"아부지~" 막연히 한 번도 본 일이 없는, 각종 가구를 잘 짜셨다는 목수이신 아버님을 불러본다. 마지막으로 불러보고 싶었던 이름이었다.

사업이 그렇듯이, 부끄럽게도 그만한 용기와 기본 뚝심이 내겐 없었고, 결국엔 고향을 등지고 아무도 나를 알지 못하는 먼 곳 타향 경북 대구로 가게 되었다. 경북 대구시에서 십대 후반의 떠돌이에게 베풀어 준 잠자리 편의제공은 평생 잊지 못할 고마움이다. 더욱이 잊혀지지 않는 기억이 있다면 부실하기 짝이 없는 협소한 방에서 한겨울 추위를 넘기려다 한나절이나 혼절한, 연탄가스중독 사건은 잊을래야 잊을 수 없는 에피소드이다. 주위의 귀띔으로 나중에 알게 된 일이지만, 피곤해 쓰러져 잠을 자다 연탄가스에 중독되어 정신을 잃었던 바로 그 방에서 하룻밤에 두 사람이 숨지는, 귀한 생명을 앗아간 대소동 연탄가스 중독사건이 있었다고 한다. 어느 때 느닷없이 불운이 내게 올지 모르는 위험한 환경임에도 불구하고 문풍지 헤진 문제의 침실에서, 저녁이면 귀퉁이가 떨어진 중앙강의록, 글방에서 익혀 배우던 명심보감(明心寶鑑), 통감(通鑑)을 복습했다. 자칫, 헛된 망상에 휩쓸리지 말자는 각오에서였다. 어쩌다 하염없이 부슬비 오는 주말은 몹시 따분함이 밀려온다. 많은 시간을 때울 소설책을 대여해야겠다는 생각에 문장가들의 상상력에 살이 붙어 재구성되어 절찬리에 인기를 누렸던, 14세기 중국의 4대 소설 신판 삼국지를 읽을 생각에 시내 중심가 도서실을 찾아갔다. 당시에는 흔치 않은 인기소설이었던 삼국지가 남아있을 리가 없었다. 그 대신에 무협지인 '수호지'를 대여해 읽었다. 3개월 만에 완독을 했던 것으로 기억을 하지만, 부끄럽게도 요충지 탈환 진격 장면을 묘사한, 활 잘 쏘는 송강, 장도를 휘두르는 명장 무송의 용맹에 흥미를 느꼈을 뿐, 문학의 오묘한 감정은 느끼지 못했었다.

나는 떨칠 수 없는 무기력에 시달리며 되뇌이던 끔찍한 죽음의 환상은 한때 세계 5대 경제대국의 위용을 누리던 기회의 땅, 천혜의 아르헨티나의 대 문호 루이스 보르헤스「죽음 속에서 느끼다」번역본을 일독하면서 의미심장하던 죽음, 보석보다 영롱하다는 죽음으로 자연스럽게 녹아들 수 있었다.

나는 어느 길모퉁이에 이르렀다. 생각이 차분히 가라앉는 것을 느끼며, 나는 밤을 들이마셨다. 사실, 복잡한 것도 없는 거리의 모습이지만, 그때 내가 피곤했는지 더욱 단순하게 보였다. 그 독특한 모습이 거리를 비현실적으로 보이게 했다. 거리에는 낮은 집들이 이어지고 있었다. 어디선가 새소리가 들리는 것 같았고, 나는 작은 새 크기만큼의 친근감을 느꼈다. 자세히 들여다보니 그 아찔한 침묵 속에서, 역시 비시간적으로 들리는 풀벌레 소리만

들려오고 있었다. 육체적인 고통으로 잠에 빠져드는 순간들, 음악을 듣는 순간들, 삼매에 들거나 권태로운 순간들, 그런 원초적인 순간들은 대개 무인청적인 것이다. 조심스럽게 결론을 내려보면, 삶이란 너무 가련한 곳이다.

생후의 추상적인 영혼에 빠져드는, 황홀한 환상의 주관적 의식의 상상력 진의에 눈을 감는다. 죽음에 대한 환상은 언제나 인생을 깨닫게 해주는 근본적인 은총이라고 한다. 호랑이를 만나면 스스로 호랑이가 되고, 죽음을 만나면 스스로 죽음이 되어야 한다는 서산대사의 명언은 인간은 사선을 한 번 넘어야 참 인생을 살 수 있음을 언급한 잠언이다. 겉으로는 절망이지만, 속으로는 별이 가득한 우주를 바라본다는 해석도 있다. 이는 정녕 죽고 싶도록 우울한 청소년의 따분함과 같은 맥락이었으리라는 생각도 든다.

이은성 작 소설 「동의보감」은 재독 삼독할 만큼 해박한 문맥에 매료되었고, 글 한번 잘 써보겠다는 수필문학과의 인연을 맺는 동기가 되었다. 아르헨티나에 재이주하고 나서도 헌책방에서 구해올 정도였으니 상중하 3권으로 나눈 위인전 동의보감은 인내심과 의욕을 키워준 고마운 책이다. 오랜 이질적인 문화생활에 가족 한자 이름마저 가물가물해졌지만, 요즘은 정보 빠른 컴퓨터가 바른말 쓰기, 띄어쓰기, 광야를 쓴 독립운동가 이육사 문학의 유익한 지식을 척척 대답해주니 흥미로운 사건이요 행운이라면 행운인 것이다. 나는 원대한 꿈을 키우거나 신화를 생각해 본 일이 없다. 미련이 남는다거나 원망 따위의 혼돈은 원치 않으며, 성격이 호방한 사람을 만나면 덩달아 호방한 사람이 되어 보고 싶어진다. 자의건 타의건 과시욕 명예욕에 발목 잡혀 자폭하여 넘어지지 않았고, 속아보긴 했어도 남을 속이거나 곤경에 처하도록 한 일은 다행히 내 기억엔 없다. 먼 곳에서 뒤돌아보는, 가난했던 지난날의 사무적인 일들에 대해 단단히 반추할 따름이다.

한인이민 50년 역사편찬사업에 부쳐

흐르는 세월은 좋은 지우개라고 말을 한다. 재물에 손해를 입거나 슬픔으로 어두워진 마음의 상처는 오랜 세월이 지나면 희석되어 잊게 된다는 위로의 말일 것이다. 그러나 아무리 좋은 지우개라도 이민공동체로 아르헨티나에 정착지를 마련하고 반세기를 지켜온, 결의형제 부모님들의 애환은 지우거나 우리들 곁에서 결코 멀어질 수 없다. 낯이 설고 문화가 다른 아르헨티나에서 무엇을 하며 살아야 되나, 식구들 저녁 장만은 어떻게 하나, 새로운 문화의 벽으로 암담하던 이민생활의 아픈 사연을 만석으로 쌓아 오면서 삶이 버거워 낙심하고, 때론 밤을 새며 공들여 쌓은 탑이 모래성 무너지듯 좌절의 쓴 잔을 마셔야 했다. 다시 일어설 기력마저 잃고 만다. 철모르고 부모님 따라 이민을 오게 된 어린 자식들에게 다가올 어두운 그림자가 눈앞에 어른거린다.

"여보, 우리는 이대로 주저앉을 수 없어요."

"맘껏 뛰어 놀 어린아이들에게, 열심히 공부해야 할 7~8세 초등학생들에게 지금 무슨 일이 일어나고 있는 거예요."

어머니 아버지 선배님들께서는 먼 훗날의 희망을 꼭 잡고 놓지 않았다. 어두운 터널 저편 밝은 미래를 바라보았다. 돌이켜 생각하면, 한국의 문화와 역사를 익혀 알고, 따를 수 있도록 이음새를 놓아준 재아한인이민 선배님들의 땀에 밴 노력과 상처 난 거대한 뿌리의 손을 결코 잊어서는 안 될 것이며, 곡예사 선배님들의 집념은 기억해야 할 산교육이라는 생각을 한다.

내적 성찰을 심화시키기 위한 한인이민 50년 역사 편찬사업이야말로 후세를 위해 선배가 물려줄 소중한 유산이다. 일터를 내어준 아르헨티나 국민들의 따뜻한 배려에도 감사하는 마음 준비를 해야 될 것이다. 격동의 역사기록은 과연 마음 숙연해지는 감동의 이야기로만 채워질 수 있을까? 드러내기 부끄러운 흉허물이라도 여과 없이 밝혀 시정하는 기록을 해 두어야 진정한 책의 무게와 가치를 지니고 있다고 생각한다.

한인이민 50년사의 한 페이지 한 페이지는 복합적인 효과를 얻어내는 소중한 자료가 될 것임을 기대한다.

1977년 초 남미 농업이민을 나오기 전 내게 들려준 퇴계로 함경도 서 씨의 이야기를 떠올려 본다. "거지동냥하려고 남한에 왔느냐?" 이 간단명료한 한 마디는 40여 해 남미에서 살아오는 동안 지금까지도 마음에 담아두고 늘 생각한다. 용기와 의지력을 일깨워준 충언으로 여기고 있기 때문이다.

함경도 서 씨는 길을 가다 동향(同鄕)인 거지아이를 보면 그냥 지나치는 일이 없었다고 한다. 행인들의 발길이 뜸한 한적한 곳으로 아이를 데리고 가 지니고 있는 돈을 털어 손에 들려주면서

"거지동냥하려고 남한에 왔느냐?" 매보다 무서운 덕담으로 구걸하는 아이를 돌려보낸다고 했다.

아르헨티나 한인이민 선배이신 어머니 아버지께서는 그보다 더한 굳은 마음다짐을 수없이 하셨을 것이라고 생각한다. 느릿느릿한, 전에 본 일이 없는 낙천적인 문화생활, 그러면서도 자기대변을 유창하게 잘하는 뻔뻔스러움, 책임감이나 실책을 뉘우칠 줄 모르는, 물론 다 그렇지는 않지만 이웃 현지인들의 이중적인 마음을 들여다보게 된다. 마음이 조여오고 불안한 생각마저 든다. 억울하고 서러운 눈물이 하염없이 흐르는, 차마 말로는 다할 수 없는 열악한 환경을 극복하며 부모님들은 희망을 잃지 않고 묵묵히 일에만 전력을 다하였다. 당대에는 배고픈 서러움을 받을지언정 꿈을 키우는 자식에겐 부끄러운 가난을 물려주지 않으려고, 빵 한쪽이라도 생기는 일이면 마다 않으시고 열심히 일을 했다. 선배님들의 밤잠 이루지 못한 수고는 결코 헛되지 않았다. 아르헨티나 한인사회는 그동안 괄목할만한 발전을 성취했다. 선배님들의 노고에 머리 숙여 감사하며 존경해야 할 첫 번째 이유이다.

바쁜 걸음도 멈추게 하는 불구경, 싸움구경의 흥미는 어느 날 홀연히 잊히어진다. 손해보고 억울한 일, 배곯고 외로운 기억들을 인간의 뇌신경은 용케도 잘 기억한다, 하지만 이제는 생각을 바꿔야 할 때이다. 어려움이 반복되던 과거의 일은 덕담으로 나누며, 이민선배 어머니 아버지께서 소원을 빌며 기대한 후세대들의 후덕한 삶을 위해 격려의 박수를 보내야 할 것이다.

이제 나의 얘기를 좀 할까한다. 제가 남미 농업이민의 마지막

케이스로 두 돌이 채 안 된 딸아이 손을 잡아주며 파라과이 출입국관리소를 통과한 해가 77년 초였다. 축복받은 천혜의 넓은 땅, 미개발지역을 개척할 목적으로 한국정부와 체결한 농업이민정책은 해외 이주 희망가족이 아르헨티나와 파라과이에 정착할 수 있는, 문호개방을 하는 계기가 되어 주었다. 농경지 개발에 목적을 둔 이민가족 외에도 파라과이는 병아리 감별사 자격으로 입국을 한 교포의 수도 적지 않게 많았다. 어려움 없이 양계업 시작을 하게 되면서 아순시온에서 40여Km 떨어진 곳에 '화랑촌'이라고 이름을 지은 양계마을이 형성되었다. 화랑마을 주민들은 우리의 고유의 음식을 만들고 막걸리를 담아 이웃과 정을 나누는, 고국의 향수를 느끼게 하는 고요한 아침의 시골마을이었다. 그렇게 작은 규모로 시작을 한 한인소유의 양계장은 파라과이 국가에 크게 이바지하는 기업체로 등재되었다.

남미이민문호가 개방되어 많은 해외이주 희망가족이 파라과이에 입국을 하게 되면서 70~80년대 초에는 어림잡아 3만이 넘는다는 통계가 나올 정도의 한인들이 북적거렸다. 아순시온 뻬티로시의 4시장 주변은 이른 새벽부터 바쁘게 움직이는 교포들의 밝은 얼굴을 만나볼 수 있는 곳이었으며, 식당과 식품점, 국산품 판매점 등 중부시장 일부를 옮겨다 놓은 모습과 같았다. 그때 어린 자녀를 둔 가정에서는 주변국 교포사회 동정은 늘 관심거리였으며, 지금의 남미공동체 MERCO SUR 협정을 맺은 이웃국경을 넘어 정착지를 옮겨가기도 크게 어렵지 않았다. 대다수 선망의 목적지는 브라질이나 아르헨티나였으며, 남미국가 뿐만이 아니라 미국, 캐나다, 호주 등 북미 쪽으로 재이민을 떠나는 교포가정도 많았다.

미국영사관에서 까다로운 이민수속 절차를 원하지 않아 재이주를 하기에 어려움이 없었다는 후문을 들어 알 수 있었다. 많은 교포가정이 북미로, 남미의 이웃나라로 재이주하는 붐이 일어 아순시온은 논산을 경유하는 목포 행 열차, 대구를 경유하는 부산 행 열차, 서울행 열차를 갈아타기 위해 승하차하는 호두과자 명산지인 천안과 대전, 남미의 대전역쯤으로 불리게 되었다. 많은 한인이 파라과이를 정착지로 여기지 않았으며, 잠시 머물다 가는 정도로 생각을 하는 가정이 과반수였다. 장래를 위해 든든히 초석을 쌓으려는 교민수가 적어질수록 질서를 잃은 교포사회는 어수선하기 이를 데가 없었다.

생활보장이 부실한 사회일수록 비리와 부정, 도덕성에 무디어 적절히 흐름을 따르게 되는, 아니, 그 방법을 선택해야만 도움을 받게 되는 한인이민사회였고, '이동주식회사'라고 교민사회의 우스갯소리로 불리게 되는 밀입국 알선업체가 존재하는 실정이었다. 물론, 가족 친지 소개로 목적지까지 안전하게 데려다 주는 고마운 독자 알선업을 하는 교포도 간혹 있었다. 파라과이에서 밀입국을 돕는 단체요원이 희망가족들을 수소문해서 아르헨티나와 브라질 국경을 무사히 넘겨주면, 브라질 밀입국 알선 단체 요원이 밀입국 가정을 인계받아 희망하는 목적지까지 데려다 준다고 했다. 지리에 능통한 안내요원은 겁에 질려 두려워하는 손님을 우정 험준한 지역을 숨어가도록 위협하면서 고액의 사례금을 받았다고 한다.

많은 돈이 움직이는 부적절한 일들이 빈번하게 자행되니 밀입국 알선업 조직 내부에서 이권다툼이 표면화되고, 브라질의 알선업 임원들이 어느 날 아순시온에 찾아와 파라과이 행동대장 이ㅇ ㅇ 태권도사범을 방에 가두고 집단 폭행해 사망하기까지 하는 지경에 이르게 되었다. 동족의 약점을 최대한 악용해 오던 이동주식회사 집단은, 李사범살인범행을 저지른 범인을 잡으러 온 본국 수사진을 피해 도망 다니게 되면서 해체되었다고 한다.

그 당시 우리가족이 더 나은 생활을 할 수 있다는 기대를 하며 어렵사리 도착을 하게 된 파라과이의 수도 남미의 대전역이나 다를 바 없는 아순시온은, 시민들의 차림새나 모든 생활구조가 생소하고 낯설기 이를 데가 없었다. 수세미머리 7~8세 되었을 아이들이 태양열이 이글거리는 검은 아스팔트 위를 신발 없이 걸어 다녔다. 오직 하나 자동차가 건너갈 수 있는 육교를 가리키며 자랑을 했다.

"너의 나라에도 이러한 시설이 되어 있느냐?"

어이없다는 표정을 지을 수밖에 없었다.

한인이민가정이 파라과이에 와서 옷 입혀주고, 신발 신을 수 있게 해주었다는 자부심 이는 우스갯소리가 나올 정도였으니까. 초기 한인이민사회만큼이나 질서 없는 거리, 울타리 없는 토담집을 지니고 사는 주민들이 인상적이었으며, 국민들은 어수룩하고 꽤나 게으르다는 생각이 들었다. 그러면서도 부지깽이 하나 없어 아쉬운 게 많은 동양인 가정 이웃을 동정하는 온순한 주민들이 고마웠다. 그들은 워낙 강한 태양열에 적응하기 위해 스스로 터득을 한 인내의 철학이 몸에 배어 있는 사람들이었으며, 어려운 일은 선뜻 나서서 도와주고, 넓은 축구장 사용을 부담 없이 한인들에게 허락하는 미덕의 국민들이었다.

이역만리 타국에서 무공해식품과 같은 도타운 동포애로 우정을 다지며 체력을 단련하는, 축구운동을 할 수 있었다는 건 천만다행이었다고 생각한다.

'갓 난 새끼말은 제주도에 보내고, 축구를 알려면 남미로 오세요.'

일 선택을 해야 할 적당한 방향이 떠오르지 않을 때 회원들을 만나 조언을 듣고 나면 불안하던 생각이 없어지곤 했다. 그 당시의 축구운동은 친교와 체력관리 목적은 물론, 다방면으로 해결책이 돼 주었다. 한인회장 배나 축구협회장 배 축구경기에는 전체 교민사회가 술렁였다. 20키로 되는 얼음덩이에 이가 시리게 잰 핀센회사 맥주와 음료수를 선수들에게 나눠주면서 열띤 응원을 했다.

축구장이 떠나갈 함성은 연발 헛발질을 하는 신참선수에게 돌아가는 관중들의 포상이었다. 추억으로 남은 그 때의 일을 생각하면 정신연령이 낮아지고, 다시 돌아가 보고 싶은 생각이 들기도 한다. 그런 이민초기의 축구팀은 선수와 가족이 계모임에 동참을 하는 전제 조건으로 회원을 모집했다고 해도 과언이 아니다. 당연히 회원은 서로를 신뢰하며 상부상조에 목적을 두게 되었고, 빈손으로 이민을 오게 된 한인사회가 발전할 수 있는 든든한 디딤돌 역할을 해 낸 축구 단체였으며, 계모임이었던 것이다.

다문화 가정

    사람의 마음에서만 우러나오는 착찹한 생각에 눌려 푸에르토 마데로의 자연보호구역 주변 산책로를 찾아갔다. 아침이슬에 촉촉이 젖어오는 이른 햇살을 받으며 찾아가는 마데로 자연보호구역은, 어떤 일로 인해 나의 관점이 부정적으로 느껴질 때 깊이 생각하며 걸어보는 곳이기도 하다. 그 날도 역시 부정적인 생각을 하며 마데로 쪽으로 가게 되었다.

    "아버지 없는 한인 혼혈 아이들을 돕기 위해, 이번에 미국 선교단체의 후원을 받아 파라과이로 가게 되었습니다." 라고 자신을 소개한 선교사의 말에 일말의 거부감을 느껴서일 것이다.

    사회보장제도 활성화로 도움을 주기 위해 마련된 다문화가정이라는 단어가 언론에 자주 실리는 기사를 보게 된다. 나의 가정역시 다문화 가정이다. 부유한 생활은 아니더라도 화목한 가정이라고 자부한다. 주위에서도 우리가정 못지않은 다문화가정을 많이 볼 수 있다.

    그런데 아버지 없는 혼혈 아이들은 다문화가정을 어떻게 받아

들일까?

파라과이 아순시온에서, 말 델 뽈라타에서 기회가 닿아 미혼모를 만나 볼 수 있었고, 그녀의 생각을 직접 육성으로 들어보는 기회도 있었다.

"아이 아버지는 틀림없이 우리 둘을 찾아올 거예요. 장래를 굳게 약속한 사이입니다."

잘못 채운 옷깃을 여미는 여인에게서 측은하고 안타까운 시선을 뗄 수가 없었다.

아이는 날로 성장을 하고 있는데….

미혼모와 함께 생활을 하는 한국아버지를 둔 아이들은 우루과이와 파라과이에서 많이 출생했고, 아르헨티나에는 말 델 뽈라타와 부에노스아이레스 항구 주변에 손꼽을 숫자의 버리고 간 혼혈아가 있다. 한인의 혈통을 이어받은 자녀들을 수소문해서 교육비와 생활에 도움을 주게 되는데, 그 아이들이 16세가 되면 그나마 혜택을 받을 수 없어 안타까운 실정이다. 한국아버지를 원망하는 버림받은 그 아이들이, 다문화가정에 대한 인식은 어디까지이며, 어떻게 생각을 하고 있을까를 생각하면 가슴이 미어진다.

아르헨티나 국민들의 눈에 비친
재아한국인의 양면성

　단군조선 이래 한민족 혈통을 지키는 고려인! 그렇다. 역사의 후예로 황무지나 다를 바 없는 남의 땅에서 갖은 고초를 당하면서도 우리의 전통을 이어가는, 구소련에서 우리의 글을 써서 역사와 문화 문학을 전한다는 기사를 읽어본 기억이 난다. 조선의 후기 굶주림과 일제의 폭압을 피해 러시아로 떠나야 했던 한인들…, 그러나 러시아 정부의 강제이주 정책으로 불행했던 초기의 이민사를, 정착마을을, 유감스럽게도 기억하는 사람은 그리 많지 않을 것이다. 극히, 드물다.

　획기적인 한국의 발전성을, 한강의 기적을 아르헨티나 국민들은 인정한다. 현대 예술문화의 뛰어남을 실제로 보고 느끼며 찬사를 보내기도 한다. 한인들은 열심히 일하는 민족, 경쟁의 대상이 되는 민족, 그러면서도 이유도 없이 어느 날 홀쩍 떠나버리는 이웃으로 생각을 한다. 열심히 공부하는 학생, 반 우등생은 한인 자녀들이며, 시기대상으로 꼽히는 반 학생이라고들 생각한다. 또

한, 한인들은 흥이 있고, 글쓰기를 좋아하는 우수한 문화민족이지만, 등 뒤에서는 남을 흉보는 사람, 허영심이 많고 남을 업신여기는 쪽으로도 널리 알려져 있다.

'스페로 스페라(spero spera : 숨을 쉬는 한 희망은 있다.)' 이 말은 한인이민 선배들이 반세기 긴 세월을 굳게 믿고 희망을 잃지 않았던, 한인이민사회의 목표의식이 된 스페인 이민자들의 속담이다. 내 딸 자식이, 아르헨티나 국적의 손녀 손주가 2,766,890평방미터 23개 주 휘어 다스리는 국주가 나와 주기를 기대하며, 또한 예외가 될 수는 없다고 생각한다. 그러려면, 좋은 점을 더욱 발전할 수 있도록 계승하고, 나쁜 점은 스스로 고쳐 나가야 할 것이다.

벤처시대 어머니아리랑

　만나면 늘 한 때 젊어서 잘나가던 얘기로 꽃을 피우는 친구 녀석이, 노래 복사한 디스크를 만들어 선물하기에 운전 중 카스테레오에 끼우고 아내와 함께 노래를 듣곤 했다. 아주 오래된 잊혀져가는 그리운 가요도 있고, 제가 무슨 청춘이라고 아니 금세 엉덩이라도 흔들어야 할 발라드 곡들까지 들어있었다. 그 친구 올해 나이 고희(古稀)로 나와 동갑내기이다. 흥겨운 가요 20여 곡이 넘게 지나가고 서른 번째 곡이 가까워질 때였다. 민요 아리랑 곡임에는 틀림이 없는데 가사가, 그 가사가 '죽여주는' 코믹한 내용이 담겨있었다. 도로 가에 차를 세우고 집사람하고 둘이서 웃느라, 그야말로 웃기어 죽을 뻔했다. 이 노래를 들으며 너끈히 백 살은 살 것 같기도 했고, 그 날 참 기분이 묘해졌다.

　그런 일이 있은 후 3일째였다. 교민인터넷 광고에 100세 할머니의 부음을 보게 되었다. 아르헨티나에 이민 오신 지 오래되신 분이라고 한다. 100세면 할머니는 1세기 동안 세상의 흐름을 보고 들으시며 사셨다는 뜻이다. 아르헨티나 한인이민 반세기를 지켜보신 분임에 틀림없다. 젊었을 적 할머니세대와, 하나같이 바쁘고 마음의 여유가 없는 벤처시대를 바라보신, 강박한 삶 속의 어머니 마음과 노래가사의 유사점을 불현듯 생각하게 되었다. 60대는 젊다, 70세엔 할 일이 아직 남아서, 90세엔 알아서 갈 텐데… 이런 내용의 가사였다.

  60세는 젊다? 60세가 되었어도 편한 날이 없는 바쁜 세상을 말씀한 것이다. 70세에는 한숨은 돌리셨지만 아직도 할 일이 남아 있음을 알린다. 90세의 어머니는 아쉬움을 털어 놓는다. 6~70십을 바라보는 자식, 불혹의 손자, 증손 뒷바라지라도 해 주어야겠는데 하면서 자신의 불편한 거동을 못내 아쉬워한다. 그리고 조용히 쉬고 싶어 하신다. 이는 바로 지금 곁에 계신, 경쟁의 벤처시대를 살아가느라 아들딸 자식이 미처 생각하지 못했던, 석양 길 산마루를 힘겹게 넘으시던, 우리들의 어머니 마음을 반영한 민요이자 벤처시대의 어머니아리랑인 것이다.

어머니 사랑

외동딸애가 시집가서 손녀 손자 키우는 모습에서, 나는 자식에 대한 어머니 사랑을 보곤 한다. 애틋한 어머니의 정, 어느 때에 마음 아파하고 즐거워하는지, 어머니의 깊고 넓은 자리를 본다.

좁은 어깨에는 기저귀 가방, 왼쪽 품에 젖먹이, 왼 손 안에는 세 살바기 손 꼬옥 잡아주는 딸애에게서, 가련한 여인상이 아니라 강인한 어머니 모습을 확인하면서 든든한 생각도 든다.

이제 미각신경마저 무뎌지고, 인고의 주름이 패이고 나서야 철난 눈을 뜨게 되다니… 어머니 음성이 들린다.

"아범, 나가니? 찻길 조심하거라."

거동마저 불편하신데 60이 다된 자식걱정을 하시던 어머니, 아들방 군불을 지피실 때 붉으스레 물든 어머니 얼굴이 또 한 번 머릿속을 스친다.

나를 낳으신 어머니, 그리고 나를 기르신 어머니, 그리고 나를 한없이 사랑해 주신 어머니, 이 세 분을 생각하다보니 어느새 호숫가의 밤하늘이 밝아온다.

웃고 사는 지혜

　자녀교육은 태중에서부터 시키라는 말을 들은 적이 있다. 산모의 심리작용이 태아에게 직접 영향을 미치게 된다는 전문의의 말이다. 우리나라의 먼 왕국시대에 양반집 며느리가 아기를 갖게 되면 시어머니인 마님께서 여러 면으로 세심한 주의와 교육을 시키는데, 밥상 준비도 당신이 직접 챙겨주시며 정결한 음식으로만 먹도록 했다. 깍두기는 네모반듯하게 썰어진 것만 먹게 하고, 앉아 있는 자세까지도 섬세하게 바로잡아주는 정성은 친정어머니 고마움을 생각나게 한다. 사랑과 관심을 독차지한 아기는 출산 후 백일을 지나면 발을 바들짝거리며 팔을 벌려 깍깍 웃기 시작한다. 갓난아기의 천진한 웃음이야말로 흠 없는 인간의 웃음이라는 생각을 하게 한다.

　엄마 품에 안겨 젖을 먹으며 밖에서 귀가하는 아빠를 반가워하지만, 엄마를 만지는 아빠 손을 제지하며 질투와 시기를 하는데 첫돌이 지나면서 엄마에게 향한 사랑이 모정으로 변하며 감정이 풍부해져 기쁨으로 웃을 줄 알며, 뾰루퉁 골도 내고 심통도 부릴

줄 알게 된다.

　네 살, 다섯 살 된 아이들이 소꿉장난을 한다. 남자아이는 아버지, 여자아이는 어머니, 이것이 누가 가르쳐 줘서 하는 것은 아닐 텐데 남편을 위해 밥상을 준비하는 소박한 아내 여자아이의 모습이 정성스럽고 재미있다. 맛있는 반찬을 준비한다고 풀잎을 뜯어 썰어서 참기름으로 조미를 하는데 박카스 병에서 물을 두어 방울 떨어뜨리고 알뜰한 주부 흉내를 낸다며, 병 입구에 물기를 혀로 삭 씻어 먹는다. 영락없는 우리들의 어머니 모습인 것이다. 이렇게 준비한 밥상을 남편 아이 앞에 다소곳이 옮겨놓으며, "저녁 먹어요." 한다. 헌데 이게 웬일인가. 남자 아이가 벌떡 일어나더니 "반찬이 이게 뭐야." 버럭 화를 내며 발로 찬다. 그만 여자아이가 앙~ 울어버린다. 옛날, 주변머리 없는 남자들의 우월한 면모인가, 아이들의 소꿉장난을 재미있게 들여다보던 나도 그 순간만은 화가 난다.

　"애, 꼬마야. 밥상을 발로 차면 어떻게 하냐?"

　"우리 아빠도 그랬어요."라고 하는 퉁명스런 남자아이 대답에, 다시 한 번 아버지의 일거일동이 조심스러워야 함을 생각하게 됐다.

　10대의 청소년들은 바람에 가랑잎이 데굴데굴 굴러가도 자지러지게 깔깔거리며 웃어댄다. 결혼을 하고 자녀들과 함께하는 장년의 나이가 되면, 걱정과 기쁨 그리고 경쟁을 하며 바쁜 생활을 하게 되는데, 그런 중에도 꼭 웃어야 할 웃음이 있다. 혼자 길을 가다가 빙그레 웃는 사람도 있다. 이 웃음은 남성보다도 여성 쪽이 많이 웃는다고 하는데 바로 그 웃음이다. 자신이 모르는 사이에 입가에 웃음이 흐를 때 진정한 환희의 웃음이다. 비웃음, 거만한 웃음에서 자신에게 돌아오는 득은 없다. 상대방 기분을 상하게 할 뿐이다. 억지로 만들어 낸 웃음은 화를 마음에 품을 수 있다. 눈물이 찔끔 나도록 웃을 때에, 나 혼자 길을 걷다 입가에 흐르는 웃음이라야 자신과 주위사람의 마음을 기쁘게 해 줄 수 있다. 나이 많은 노인은 너털웃음 아니면 인자하신 선비웃음을 웃지만, 장년의 나이에도 웃음을 잃고 사는 현대인이 의외로 많다. 욕심과 자만이 가득하여 지금에 만족하지 못하고 입가에 웃음이 사라지는 것이다.

고도로 발전한 문명의 혜택을 누리는 현대인은, 자칫 본 성품이 자의식으로 가려질 수 있다. 두뇌경쟁, 욕심, 스트레스, 피로 등등 이런 일들로 인해서 웃음이 점점 사라진다. 어느 한갓진 날 오후에 거울 앞에 서서 찬찬히 나를 들여다본다. 서 있을 근력을 다 잃은 하얗게 센 머리털, 이마에 보리고랑만큼이나 골이 진 얼굴이 마주바라보고 있다. 내가 옳다고 고집 꽤나 부렸었는데 하며, 빙그레 웃어본다. 다행스러운 것은, 지금도 혼자 길을 가다가 히죽 웃을 때가 있다는 사실이다. 그렇다고 내 삶의 질이 나아진 것은 아니다. 좋은 일만 기억하며, 친구 그리고 이웃과 되도록 편안하게 지내는 게, 웃고 사는 지혜임에는 틀림없다.

그러는, 결코 과거를 잊어서는 아니 될 나는 과연 누구인가?
느슨한 복장, 무주 구룽 밖 행인 눈길마저 주지 않는 60년은 더

돼 보이는 고송(孤松).

"이제는 예전과 다르시니 일찍이 귀가하세요."

아내의 걱정 어린 당부가 묘한 클라식 음악처럼 미덥다.

그뿐인가, 일가친척의 반대의견에도 "나는 최서방을 믿네." 지닌 거라곤 몸뚱이뿐인 홀연 단신을 믿고 딸과의 인연을 허락해 주신 장모님이 계시었지, 장충체육관 특설 합동결혼식장에서 김근식 총무로 4가동 동장님 외 동료직원들과 외가, 처가, 친구 통틀어 20여 하객의 축하를 받으며 구자춘 서울시장 님 주례로 아내와 100년 해로를 맺었다.

금호동 셋들은 주인집 마당을 빌려 국수잔치를 치르고, 협소하기 짝이 없는 뒷방을 수리해 두 개의 밥그릇 수저 두 쌈 신혼 걸음마 떼기를 한 사람.

막노동 일일망정 아이들 먹일 우유 살 돈 파라과이 화폐 과라니, 아르헨티나 페소를 벌어야 된다는 책임감을 아는 남편이요 아버지. 좋은 인연으로 만난 아내와 더불어 변하지 않는 한솔 옛 밥 믿음에 마땅히 감사해야 할, 진 빚이 많음을 고백할 수밖에 없는 사람이다.

나물반찬 고기반찬이 다 나에 삶을 지켜주었다고는 하지만, 홀륭한 스승으로 더불어 바뀌어진 인생은 더할 나위 없이 고맙고 감사하다.

초등학교 3학년 담임 이 훈 선생님의 말씀, "열심히 공부해 홀륭한 사람이 돼야 해요."

담임선생으로서의 통상훈시였겠지만, 나에겐 인자하신 아버님

음성으로 각인되었다.

이민생활에 자칫 통제 못할 욕망의 노예의 늪에 빠지지 않기를 염려해 장문의 서신을 보내주신 김해석 선배 "최태진 씨, 성실과 진실이 이긴다는 사실을 명심하시기 바랍니다."

이시환 동방문학 발행인 시인 문학평론가께서 우정 이메일로 보내주신 "그 의욕과 목표의식을 갖고 사시는 최 선생님이 행복하신 것입니다."

백무산 시인의 격려

　노동시인 백무산 님이 2009년 부에노스아이레스에서 출판한 나의 수필집『이방인의 사진첩』을 읽고 옛 성현의 말을 떠올리게 되었다며, 자신의 시집『거대한 일상』에 기록을 해서 격려해준 "땅에서 쓰러진 자, 땅을 딛고 일어나라."

　일용할 양식이 남아있는 집안사정을 감사히 여기는 파라과이 낙후된 인디오 마을 선교사 동생이 지연, 학연 없이 많은 만남을 염려하며 형을 위해 보내온 다산 정약용의 목민심서(牧民心書)는, 내가 살아가는 동안은 비춰 들여다보아야 할 거울이며, 마지막 두 줄 시연은 연민과 의지를 돋우어 주는 나의 애창곡이나 다름 없다.

> 밉게 보면 잡초 아닌 풀이 없고,
> 곱게 보면 꽃 아닌 사람이 없으되,
> 그대를 꽃으로 볼 일이로다.

털려고 들면 먼지 없는 이 없고,
덮으려고 들면 못 덮을 허물없으리.

누구의 눈에 들기는 힘들어도,
그 눈 밖에 나기는 한 순간이더라.

(중략)

가끔 힘들면 한숨 한번 쉬고 하늘을 보세요.
멈추면 보이는 것이 참 많습니다.

삶이 힘에 겨워 매일 학습에 맥을 놓으려는 건 아니지만, 자랑할 것도, 그렇다고 부끄러울 것도 없는, 우두커니 넋을 놓을 수 없었던 세월의 흔적을 여기에 옮겨 실었다. 물론, 문학적으로 부족함이 많을 것은 인정한다. 지난 모든 일들을 고스란히 다 기억한다는 것은 어려운 일이라는 것 또한 인정한다. 다만, 상실감과 흉허물 노출이 헛되지 않길 바라는 진정한 나의 견해와, 성숙한 삶의 여러 인연에 흥건히 마음적시는 가슴 따뜻한 분들의 고마움이 이 글을 쓰도록 작용했음을 밝힌다.

사진으로 보는 최태진 작가의 일대기

젊은 날의 최태진 작가

최태진 작가 부부

1974년 11월 11일 장충체육관에서
새마을 운동, '잘살아 보세' 49쌍이 합동결혼식을 한 후
주례선생님이셨던 서울특별시 구자춘 시장님과
함께 찍은 기념사진

결혼식이 끝난 후 마당으로 나와 지금까지도 눈에 선한 분들 : 충무로 4가 김근식동장님, 예비군 중대장님
그리고 동직원 동료들의 축하를 받으며 촬영한 기념 사진

딸의 의대 수석졸업을 축하하며,
가족사진을 사진작가의 도움을 받아 찍다

출산 전 만삭의 딸를 위시해서 사돈 카를로스, 사위 아리엘, 그리고 우리 가족이 함께 찍었던 사진

▲
오래 전 사별한 사돈 카를로스와 한가할 시간이 없는 딸을 위해 매주 금요일 저녁은 집에 모여 함께 식사하는 모습
▼

가게를 얻는 과정에서 보증을 서주고 어려운 일에 처할 때마다 지극정성으로 우리가족을 도와 준 중앙은행 수석 공인회계사의
은혜를 잊어선 안 될 꼰 또르레 씨 가족과 어느 한가한 날 망고나무를 배경으로 함께 찍은 사진

세 차례나 휴학을 했지만 숱한 마음고생을 견디며 불혹의 나이에 학사모를 쓴 아들 영재의 뜻깊은 졸업식 행사에 참석하여 찍은
기념사진 : 아들은 병든 영혼을 치유하고, 딸은 육신의 고통을 낫게하니 이보다 더한 기쁨이 또 어디 있을까요?
주변의 부러움을 사고 많은 격려를 받게 되니 흐뭇합니다.

뒤늦게 대학을 졸업한 아들과 함께

현지 교회에서 봉사활동을 펴고 있는 아들의 대학졸업식장에서

딸이 24세 되던 1999년 3월 부에노스아이레스 국립 의과대학을 졸업하던 날에 찍은 기념 사진 :
우수 학점을 받은 남학생 1명, 여학생 3명 만이 앞당겨 졸업장을 받는 날의 축하모습으로 동료 수험생들에게 밀가루, 옥수수 가
루, 케잌, 마요네즈, 식초세례 등을 받아 마치 석고상이 된 것 같은 장면이다.
몸집이 큰 현지인들에 비해 어리고 작은 체구의 딸이지만 수석졸업이라는 영광을 안아 대견스러웠다.

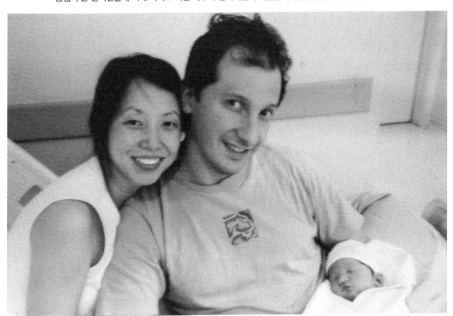

첫 갓난아기 '마이테'를 안고 좋아하는 딸과 사위 아리엘

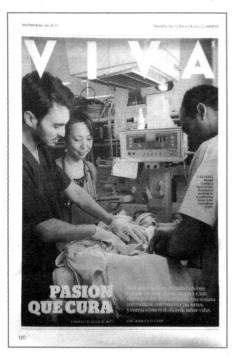

소아과 유아심장외과, 레소난시아(MRI 특수촬영) 권위 있는 전문의로서, 구티에르레스 아동병원 위급 환자실 팀장 의무로 수술 집도하는 동료를 주시하고 있는 딸의 모습이 담긴, 유명한 클라린 신문사 VIVA 잡지 표지

잔병치레 없이 연년생으로 쑥쑥 자란 손녀 마이테와 손자 단테가 여름휴가차 말 델 뿔라타 해변에서 모래성 쌓기를 하는 모습을 흥미롭게 바라보는 필자(할아버지)

출생 100일이 조금 지난 손녀 마이테를 안고 기뻐하는 최태진 작가와 부인

아르헨티나 나이 9세 한국나이 10살 초등 5학년인 손녀 마이테는 수영, 아랍춤, 영어학원을 다니며
록 가수가 꿈이라며 자기 키만한 키타를 메고 학원을 가기 전 할아버지 앞에서 한 컷 포즈를 취했다.

부에노스아이레스 시에서 1500여 킬로미터 떨어진 페우에니아 사돈댁 별장 앞 호숫가에서
익살스런 얼굴을 지어보이는 손자 단테

파라과이 이민생활 몇 개월 후 우연찮게 서울에서 자주 가보던 인현동 5가 닭곰탕으로 소문이 난 '버드나무 집' 사장님 가족을 만
나게 되었는데 그 분들과 국가 보호지역을 쪽배를 타고 방문했던 파라과이 인디안 섬마을 주민들과 찍은 사진 : 맨 앞 꼬마 어린이
둘이 1살 반, 2살 반 최태진 작가 아들 딸이다.

도창회 수필가와 함께 찍은 사진

아르헨티나 한인이민50주년기념 문인협회의 기관지 「로스 안데스 문학」
통권 제16호 출판 및 기념행사시 합석해 주신 주재 대한민국 대사관 추종연 대사님과 이병환 한인회장님과 건배를 하며

2015년 9월 제1회 세계한글작가대회 준비위원장 중앙대학교 인문대학 명예교수 이명재 문학박사님과
브라질에서 오신 안경자 작가님과 함께 찍은 기념사진

아르헨티나 한인이민50주년 기념 「로스 안데스 문학」 통권 제16호 출판행사 후 참석한 회원과 함께 찍은 사진

35여 해 만의 고국방문인, 그야말로 35년 강산이 세 번이나 변한 외숙 내외분과의 재회 기념사진

양동마을 무첨당 역사탐방 후 중앙대학교 문예창작학과 이승하교수, 브라질 안경자 작가와 기념으로 찍은 사진

숙소인 호텔에서 나와 혼자 산책을 나서는 중에 보문호수 전경을 바라보며
가슴에 와 닿는 얼굴표정을 찍어둬야겠다는 생각에서 왼쪽 팔을 치켜 올려 손에 들린 핸드폰으로 한 컷 담은 작가 자신의 모습

봉분을 알아볼 수 없을 만큼 훼손된 조상님 묘를 육중한 크레인을 동원해 파헤치고
유골을 추려서 납골 소각식을 끝낸 후 누님과 허리가 굽어서 키가 작아진 고종누님과 함께 찍은 삼남매 사진

옛날이나 지금이나 배가 고프면 정겨운 종로4가 광장시장에서 추억을 회상하며

최태진 수필집

어머니가 셋인 나의 그리움 나의 꿈

초 판 인 쇄　2018년 04월 16일
초 판 발 행　2018년 04월 20일

지 은 이　최태진
펴 낸 이　이혜숙
펴 낸 곳　신세림출판사
등 록 일　1991년 12월 24일 제2-1298호

04559 서울특별시 중구 창경궁로 6, 702호(충무로5가, 부성빌딩)
전 　　화　02-2264-1972
팩 　　스　02-2264-1973
E - m a i l　shinselim72@hanmail.net

정가 12,000원

ISBN 978-89-5800-199-7, 03810